跡継ぎ目当てのはずが、転生聖女は氷の大公から予想外の溺愛で捕らわれました

m a r m a l a d e b u n k o

沖田弥子

JN020742

marmalade bunko

マーマレード文庫

目次

跡継ぎ目当てのはずが、転生聖女は氷の大公から予想外の溺愛で捕らわれました

跡継ぎ目当てのはずが、転生聖女は
氷の大公から予想外の溺愛で捕らわれました

プロローグ　前世の恋心

「瀬良《せら》さん。ちょっといいかな」

深みのある甘い声に呼び止められ、瀬良雪菜《ゆきな》は振り向く。

月城《つきしろ》リオンは端麗な顔に笑みを浮かべていた。

彼は雪菜が勤めているIT企業の御曹司である。エンジニア部門の役員を務めているので、雪菜の所属する保険事業部にはタッチしていないが、以前のプロジェクトで接点があった。

それなのに、なぜ凡庸な一般社員である雪菜に話しかけるのだろうか。イケメンで人当たりのよい月城は、女性社員の憧れの的だ。

彼の微笑はどこか作り物みたいな感じがして、警戒した雪菜は手にしたファイルをぎゅっと握りしめる。

「なんでしょうか、月城さん」

「その……今夜の予定はどうなってるかな？」

取り出した手帳をめくった雪菜はスケジュールを確認した。

直属の上司ではないが、御曹司の月城は会社の次期社長である。社員の予定を確認してから仕事を頼みたいのかもしれない。

「午後の会議は十七時に終わる予定です。そのあとエリアマネージャーと打ち合わせがありまして、二十時に顧客のご自宅へ契約の確認に行きます」

雪菜は淡々と述べた。仕事が多忙ゆえ、いつも家に帰るのは深夜になる。

ひとり暮らしのアパートでは寝るだけなので、たまになんのために生きているのかわからなくなるときもあるが、頼る家族もいない雪菜にとって、自立することはなにより大切だった。そして打ち込んだ分だけ、仕事の成果はついてくる。働いて結果を出すことが自分の生きがいなのだと思い直す。

雪菜の返事を聞いた月城は戸惑いを見せた。

「いや、その、食事でもどうかな……？　空いているときでいいんだが」

手帳には、びっしりと予定が書き込まれている。すべて仕事のみだ。恋人はおらず、交友関係も広くない雪菜には仕事しかない。

「空いているときは……ないですね。食事というのは、打ち合わせですか？」

「そうじゃないんだけど、プライベートで」

「はあ……」

仕事とは関係ないらしい。

もしかして、月城さんに好意を持たれているとか……？

胸が浮き立ちかけたとき、「月城」と彼を呼ぶ声がした。

月城のいとこである西園寺《さいおんじ》アルトだ。

彼は保険事業部のエースだが、なぜか雪菜に対して仕事が遅いだとか、髪型が古くさいだとか、勝手に話しかけてきてだめ出しをしてくるので苦手だった。

月城が西園寺になにか言いかけたので、雪菜は咄嗟《とっさ》に断る。

「すみません。打ち合わせの件があるので、また今度にしてください」

「ああ、そうだね。いずれまた」

仕事を思い出した雪菜は月城に背を向けて、廊下を歩む。

彼から食事に誘われて、恋が始まるなんてことがあったりしたら……という考えが頭を掠《かす》めたが、首を横に振って追い払う。

彼の言動から滲《にじ》み出《で》るような優しさに惹《ひ》かれる気持ちはある。とはいえ、月城みたいなイケメンの御曹司が、好きになってくれるわけがない。

雪菜は恋をする暇などなかった。仕事がすべてなのだ。仕事は自分を裏切らない。

このあと顧客のところに行くのに、結局余裕がなくなってしまった。急いで準備をして会社を飛び出したが、不幸が彼女に襲いかかったのはそのときだった。

街路に出ると、雪菜は目の前の車道を横切る子犬のような動物を見つけた。

辺りはすでに暗く、子犬は車のヘッドライトに驚いて硬直している。

「危ない！」

咄嗟に道路に踏み出し、子犬を腕に抱き上げる。

ブレーキ音が響き、ふわりと体が浮き上がる感覚があった。

自分の人生は終わるのだと、雪菜は直感した。

月城が最後に告げた「いずれまた」という機会は永遠に訪れないのだ。

恋……したかったな。

後悔で視界が真っ黒に塗り潰される。

「クゥン……」

子犬が一声だけ鳴いた。その子は腕の中から飛び出ると、目の前に突然現れた暗いトンネルの中を駆けていく。

待って……どこに行くの？

瀬良雪菜の意識は、そこでふつりと途切れた。

第一章　虐げられた王女

王女セラフィナ・ドゥ・バランディカは突然、気がついた。

自分がもとは日本人で、アラサーのおひとりさまだったことに。

「そうだわ……。どうして今まで忘れていたのかしら」

手にしていた桶《おけ》が滑り落ち、汲《く》んだばかりの水がすべて零《こぼ》れる。

無残に土に染み込んでいく水は二度と桶に戻ることはない。まるで王女でありながら不遇な自分の運命を表しているかのようだった。

あかぎれだらけの荒れたてのひらを見下ろしながら、セラフィナは遠い記憶をたぐり寄せる。

「おひとりさまで寂しく暮らしていた私は、恋人もいなくて仕事ばかりだった……。確か二十七歳のとき、会社から出たら子犬を助けようとして、車に轢《ひ》かれて……そこからの記憶がないけど、たぶん死んだのよね」

思い出してみても、なにも楽しいことがないままに終わってしまった人生だったが、だからこそ、その代わりにこうしてバランディン王国の王女として転生することができたのかもしれない。

しかし、セラフィナは王女とは名ばかりの存在だった。

広大な大陸の南に位置する小国のバランディン王国は、海に面しており、温暖な気候に恵まれている。この世界は前世とは異なるけれど、たとえるなら近世のヨーロッパのように見える。

だが魔物や魔法が少なからず存在するので、前世とは少し違った世界軸のようだ。もっとも魔物や魔法は、この国ではほとんどの人が見たことのないものなので、限られた地域だけに存在するらしい。

今世では、王家の第一王女として生を受けたセラフィナは、なんの不自由もなく育てられたが、七歳のときに正妃である母が流行病《はやりやまい》で亡くなると状況が一変。

後添いとして隣国から迎えた王妃イザベルは、前妻の娘であるセラフィナを目の敵にした。

王妃の女官に階段から突き落とされたり、食事を抜かれるなどの壮絶ないじめを受けてきた。父と使用人たちは見て見ぬふりをした。そしてイザベルが産んだ腹違いの妹をセラフィナがいじめるという言いがかりをつけて離宮へ追いやったのだ。

離宮という名称がついているが、実際は古い家具を保管しておくための物置だった粗末な小屋である。ここに押し込められてから、十二年ほどの月日が経過していた。

使用人はおらず、身の回りのことは自分でやるしかない。掃除に洗濯。水はないので、桶を持って自ら川へ水汲みに行く。今も行ってきたところだが、前世の記憶を思い出した衝撃で零してしまったところだ。悲しいことばかりの、つまらない日常しかない。

人に会えるのは、日に一度だけ。使用人がやってきてセラフィナの食事を置いていくのだ。それも乾いたパンと冷めたスープのみの貧しい食事だった。もちろん使用人はセラフィナと口を利かず、楽しく会話などすることはない。彼女たちは無造作に食事を置くと、逃げるように去っていく。

セラフィナが着ている服は、ぼろぼろになって色褪《いろあ》せたドレスである。ドレスとは言いがたいほど薄汚れていた。ほかの服は使用人の古着など数着しかない。

母が生きていた子どもの頃にはクローゼットにドレスやアクセサリーが収納されていたのだが、離宮に追い立てられたときにすべてイザベル王妃に奪われてしまった。

実の娘のダリラにこそドレスや宝石を与える価値があるというのが、彼女の言い分だった。父である王はイザベルの言いなりで、セラフィナを助けてはくれない。

ドレスを洗濯するときには桶に水を汲んで、あかぎれだらけの手で、手洗いをする。

今日は暖かな陽射《ひざ》しが降り注いでいるので、まだましだが、寒い日は手の感覚を失うほどだった。

空になった桶を持ち直したセラフィナは、再び水を汲むために川へ足を向ける。

そのとき、近くを通りかかった使用人たちの声が耳に届く。

「新人は、ここに食事を運ぶ係になることもあるから。場所を覚えておいてね」

「この物置みたいな小屋に食事を運ぶんですか？　いったい誰が食べるんです？」

どうやら使用人の先輩が、新人に仕事を教えている最中のようだ。

王女であるセラフィナがこのようなぞんざいな扱いを受けていることは、王宮の者しか知らない。セラフィナ王女は病気がちなので王宮に引きこもっているのだと、国民には説明しているらしい。使用人のお喋《しゃべ》りから耳にした話だ。

先輩の使用人は声をひそめることもせず、あけすけに言い放った。

「王女のセラフィナよ。前王妃の娘だから、イザベルさまにいじめられてるのよね」

「……そうなんですね。でも、王女さまをこんなところに住まわせて、王さまはなにも言わないんですか？」

「ほら、イザベルさまの出身はレシアト国でしょ？　うちは小国だって王さまはよくわかってるから、レシアトに睨《にら》まれたくないってわけ」

使用人の言うとおり、強国のレシアトから嫁いできたイザベルは、それを笠《かさ》に着《き》て偉ぶっている。彼女はまるで自分が女王のように振る舞っているのだった。

バランディン王国は領土が狭く、主産業となるものが乏しい。軍隊も資金もないので、周辺諸国に攻め入られたら、ひとたまりもないだろう。よって王は婚姻による不可侵条約をレシアト国と結ぶことにより、国の安寧を保つことにしたのだ。

イザベルは政治には興味がないらしく、国民には見向きもしない。ひたすら贅沢《ぜいたく》をして、セラフィナをいじめることに執心している。十八歳になる娘のダリラも母親によく似て、それを真似《まね》ていた。ダリラは愛くるしい顔立ちだが、意地悪そうな目つきをしている。

父はそんな母子を放置している。不遇のセラフィナを助けてくれる人は誰もいなかった。

使用人たちは話しながら小屋を通り過ぎていく。

「あの人に気遣いは必要ないから。お菓子を差し入れようとした新人が王妃さまに鞭《むち》打《う》たれたことがあるからね。あなたも王妃さまの命令に従わないと、すぐクビにされるわよ」

「……わかりました」

彼女たちの背を木立の陰からそっと見送ったセラフィナは溜息をつく。

使用人にも、セラフィナへの冷遇が徹底されている。すべて王妃の目論見《もくろみ》どおりというとかもしれない。

空腹のひもじい思いも、凍えるような夜の寒さも耐えがたいけれど、なによりもつらいのは、誰からも大切にされないことだった。

「せっかく王女に生まれ変わったのに、これじゃあ前世と同じね……。前世では恋より仕事で、独身だったし。結婚よりキャリアを築くことが大切、なんて世間の情報を鵜呑《うの》みにしたのがいけなかったのかな……」

自分が変わらなければ、結局は似たような人生を送るということだろうか。

だが、やり直すにはセラフィナは遅すぎると感じていた。

セラフィナは前世と同じくアラサー、今年で二十七歳なのである。


水の入った重い桶を、息を切らせてセラフィナは運んだ。

王宮の敷地内の、もっとも端にある小屋に辿《たど》り着《つ》き、桶を置く。じんと腕が痺《しび》れた。

「ふう……。今世は使用人みたいに働いてるけど、前世でも仕事ばかりしていたのを思い出したわ。会議に打ち合わせ、営業……寝る時間もなかったわね」

沸々とよみがえる前世の記憶に、さらに落ち込んでしまう。

楽しい思い出でもあれば気が楽になるのかもしれないのだが、残念ながらこれといったことが浮かんでこない。

汲んできた水は顔を洗うのと、飲料水にも使用するため、ドレスを洗濯する前に別の容器に取っておく必要がある。

小屋の中に入ったセラフィナは、注ぎ口が欠けた水差しを探した。

室内は狭く、家具らしいものは壊れかけのベッドがひとつだけ。

あとは人ひとりがどうにか立てるだけのスペースしかない。壊れた窓は風が吹くたびに、ばたばたと雑音を鳴らす。戸板もゆるんでいるので、小屋の中に塵《ちり》や埃《ほこり》が飛んでくる。それをセラフィナは一日中、ほうきで掃いているのだ。

掃除をしても、またすぐに風のせいで小屋は埃だらけになる。終わりがないのだが、セラフィナにはそれしかすることがないのである。

水差しが見つからないので、セラフィナは汚れたほうきを手にすると、風で溜《た》まった埃を掃いた。

みすぼらしいドレスに、ぼさぼさの髪で腰を屈《かが》めているセラフィナは、とても王女には見えないだろう。罪人のほうが、まだましな暮らしを送っているのではないかと思える。悲しくて涙が零れてしまう。

涙を拭おうにも手から血が出ていて指に染みるので、目元をさわったら目を痛めてしまうかもしれない。涙すら拭う権利もないのかと思うと、いっそう胸が締めつけられるように痛むのだった。

「……あったわ」

風で飛ばされたらしい木製の水差しを、ようやくベッドの下から見つけた。取り出して埃を払う。

こうして小さな幸せを見つけていこう。

セラフィナはそう胸に刻んだ。

悲惨な暮らしだが、今までも生きてこられた。案外根性があるのかもしれない。それによみがえった前世の記憶によれば、そのときだって激務やトラブルの連続でもなんとかやっていたらしい。だから今世もどうにかなるはずだ。

ただ、前世の記憶が直接今世に役に立つかはわからない。あの頃と同じ仕事をしているわけでもないし、おそらくないような気がする……。

とはいえ、少し気を取り直して水差しを手にしたセラフィナは、外に出る。

そのとき、王宮の兵士がこちらに向かってきた。兵士が小屋を訪れることは滅多《めった》にないので、セラフィナは驚く。

「え……なにかあったの？」

ところが兵士はセラフィナから声をかけられたことを嫌がるかのように、水の入った桶を掴《つか》むとそれを放り投げた。

「あっ！　なにをするの⁉」

桶が転がり、せっかく苦労して汲んできた水はすべて流れてしまう。

兵士は迷惑そうに顔をしかめるだけで、謝罪すらしない。この王宮の誰もがセラフィナに対して冷たい態度を取るのだ。

「王女セラフィナ――。今夜は王が晩餐《ばんさん》にお呼びだ」

それだけ言うと、さっさと兵士は踵《きびす》を返した。

『王女』という敬称を使われるのは久しぶりのことで、セラフィナは目を瞬かせる。

先ほど通りかかった使用人たちのように、もはやセラフィナは王女扱いされていない。

しかも王が晩餐に招待するだなんて、ありえないことだった。

「もしかして、父上は私の処遇を改めてくれるのかしら……？」

期待してもいいのだろうか。だけど突然のことなので、気味悪さも感じる。

倒されてしまった桶を目にして、呼び出しに不安が芽生えた。

でも希望を持とう。先ほども前向きな気持ちになったばかりだと思い直す。何度も希望の芽を無残に踏み潰されたとしても、諦めなければ望みはあるはずだから。

それに、父である王から晩餐に招待されたのは確かなのだ。

セラフィナは胸元の痣《あざ》に手で触れた。そこには雪の結晶の形をした紺碧《こんぺき》の痣が、生まれたときからある。

戸惑う思いを胸に押し込めたセラフィナは桶を手にすると、再び川へ水汲みに向かった。


やがて日が暮れ、晩餐の時刻を迎えた。

古着ではあるが、比較的綺麗《きれい》なワンピースをまとい、セラフィナは緊張した面持ちで王宮へ足を踏み入れる。生まれた場所なのに、なぜか王宮は寒々しい。

ここはもはやセラフィナの居場所ではなく、義母と妹の支配する宮殿なのだった。

せめて母の遺品でもあれば、それをよすがにできたのだが、指輪のひとつもセラフィナが受け継ぐ品物は残されなかった。母にはそのような余裕がなかったのか、もしかしたらイザベルがすべて奪ったのかもしれないが、定かではない。

だからセラフィナの身を飾るものは、なにもない。

兵士が守護する王宮を歩き、晩餐の行われる食堂へ赴く。

入室する前に、セラフィナは礼儀を示すため、ワンピースの端を摘まんで一礼した。

「王女セラフィナ、まいりました」

食堂には上座に、父である王が座っていた。その斜め向かいには王妃のイザベル。そして王妃の向かいに第二王女のダリラが着席している。

セラフィナの挨拶には誰も応えない。

この部屋は王の家族が食事をする食堂なのだが、幽閉同然のセラフィナが姿を現したためなのか、しらけた空気が漂っていた。

黄金の衣装に身を包んだイザベルは、つんと顔を背けている。宝石のついた豪奢《ごうしゃ》なドレスを着たダリラも、つまらなそうに唇を尖《とが》らせていた。

イザベルとダリラはお気に入りの貴族たちと宴を開くのが好きなので、王との食事は久しぶりなのかもしれない。毎晩のように彼女の取り巻きたちが大騒ぎしている騒音が、セラフィナのいる小屋にまで聞こえてくる。彼女たちは王を尊敬の対象ではなく、金づるとしてしか見ていないのだろう。

ワインの入ったゴブレットを勢いよくテーブルに置いた父は、ぎろりとセラフィナを睨みつけた。

「いつまで立っているんだ。座れ」

「は、はい」

一喝されたセラフィナは、皿とカトラリーがセットされた空席に着いた。

そこはテーブルの末席で、父たちの腰かけている位置からは遥《はる》か遠い。セラフィナの小さな声は、とても父には届かないだろう。

叩《たた》きつけるようにゴブレットを置いたので、父のそばのテーブルクロスは零れたワインが飛び散っていた。給仕のための使用人が片付けようと一歩を踏み出すが、思《おも》い留《とど》まったようで身を引く。

横暴な父に怒鳴りつけられることが、わかりきっているからだ。

ただし、あとから片付けようとすると叱責される。結局は怒られ、使用人のせいにされるので、みんなは腫れ物にさわるように王に接しているのだった。

そのような横暴な態度は王としての威厳を保つためと思っているのかもしれないが、母が生きていた頃は優しかったのに、後妻を迎えてから父はすっかり変わってしまった。

政治に興味がなくなり、酒ばかり飲んで自堕落に過ごしている。地方で小規模の諍《いさか》いが起こっても、大臣にすべて任せきりらしい。国を顧みることなく、王妃の贅沢も許している。

最近の父はこのような状態なので、セラフィナの味方になってくれるわけがないとわかってはいるのだが、晩餐に呼ばれたのはいったいどんな理由だろうか。

なにも食べ物がない白い皿を見つめていると、父は口火を切った。

「セラフィナの養子縁組が決まった」

「……えっ？」

その言葉に驚いたセラフィナは顔を上げる。

輿入《こしい》れではなく、養子縁組とはいかなる事情だろうか。

父は淡々と説明した。

「行先はアールクヴィスト皇国だ。皇国の女帝は子どもがいない。跡継ぎを欲しているため、セラフィナを女帝の養子として送り出すことにした。――いいな、セラフィナ。明日、出発しろ」

突然告げられた父の命令に当惑する。

アールクヴィスト皇国は、寒さが厳しい極北の国だ。代々、女帝が国を統治するという伝統があるらしいことはセラフィナも知っている。そしてなにより、母の出身はアールクヴィスト皇国だった。

王や重臣がすべて男性のバランディン王国とは、しきたりが異なるらしい。我が国では女性が地位の高い役職に就くなんて考えられないことだった。

女帝の養子になるということは、もしかして私は将来の女帝になるの――？

ところがセラフィナの展望を叩き壊すかのように、ダリラが鋭い声を発した。

「女帝の養子ですって⁉　それじゃあ、お姉さまはいずれ女帝になるということなの⁉」

まるでセラフィナが女帝になるのは許せないと言わんばかりに、ダリラは不満を露《あら》わにする。妹のダリラは昔からセラフィナが不幸な目に遭うと楽しそうに笑い、逆に少々のいいことがあると怒り散らす性分だった。

妹は実の母親に溺愛されて恵まれた環境で暮らせるのに、なぜセラフィナを陰湿にいじめる必要があるのだろうかと、悲しい思いを抱えてきた。

セラフィナはそんな妹と仲良くしようと何度も試みたが、すべては徒労に終わった。結局ダリラのような自己中心的な人物とどのように接したらよいのか手立てが見つからなかったが、どうやら前世のセラフィナもプライベートでは他人との距離を掴めないままだったようだと頭の隅で考える。

ダリラをなだめるように、イザベルは猫撫《ねこな》で声を出す。

「そんなことはなくてよ、ダリラ。この娘が女帝になれるわけがありません。あくまでも、お飾りの養子ということよ。この娘にはこれくらいしか使い道がありませんからね。帝位に就くだなんてこと、わたくしが許しません」

「でも養子になるってことは、お姉さまはあの小屋から出るんでしょう？　お姉さまが不幸でいるのを見られないなんて、つまらないわ」

ダリラは不服そうに椅子にもたれる。

結婚ではセラフィナが幸せになってしまうので、お飾りの養子ならば不幸なままでいるだろうと、イザベルは納得したのだ。義母はどこまでもセラフィナが幸福になることを許さない。

セラフィナには他国の法律などはわからない。ただイザベルの言うとおり、いらない王女の使い道は、他国の養子にするという方法しか見当たらないように思えた。

だけど、皇族のひとりだった母の生まれた国を見られるのなら、これまで不遇に耐えてきた甲斐《かい》もあったと思えた。

うつむいたセラフィナの耳にわざと吹き込むかのように、王妃は揚々として語る。

「アールクヴィスト皇国は雪と氷に覆われているから、一晩外にいたら凍え死んでしまうのですって。この娘は必ずお払い箱になるわ。そうしたら行く末は凍死か、野犬の餌ね。バランディン王国へ戻ってくるのは許さなくてよ」

王妃はセラフィナの死を望んでいる。それを聞いたダリラは笑顔で頷《うなず》いた。

セラフィナが王妃になんらかの害や損を与えたことなどないのだが、どうしてこんなにも憎まれなくてはならないのか。

使用人の噂話《うわさばなし》によると、前王妃は国民から評判がよかったので、それをイザベルは腹立たしく思っているという。セラフィナを目にすると、前王妃への憎らしさが込み上げるので、王へ進言してセラフィナを小屋に幽閉したのだとも耳にした。

それならば、尊敬される王妃になればよいのではないかと思うが、イザベルはそういった努力をしない。

後妻に迎えられたときから威張り散らして贅沢をし、セラフィナや使用人に対して異常に厳しく、よく些細《ささい》なことで罰を与えていた。一方、娘のダリラには甘く、豪華なドレスや宝石を与え、セラフィナは地位が低いものとして見下すことをよしとした。

もはやそれを正そうとするのは無駄だとわかっているが、セラフィナには心残りがあった。

母の形見の品を、ひとつでも持っていけないだろうか。

セラフィナはおそるおそる王妃にうかがいを立てる。

「あの、お義母さま」

「なんなの。わたくしのことは『王妃さま』と呼びなさい。前王妃が残した小汚い娘のくせに」

イザベルは憎々しげにセラフィナを見やる。

またあとで罰を加えられるのではと思うと臆しそうになるが、明日出立するのならば、言えるのは今しかなかった。勇気を振り絞り、セラフィナは言った。

「王妃さまは母の形見の品を持っていませんか？　他国へ行くのは心許《こころもと》ないので、母の遺品をよすがにしたいのです」

そう言った途端、イザベルは細い目を狐《きつね》のごとく吊《つ》り上げた。

「まあ！　わたくしが前王妃の遺品を奪ったとでもいうの⁉」

「そういうわけではないのです。母の遺品がひとつもないので、もしかしたら王妃さまが保管しているのではないかと――」

「なんという恥知らずなんでしょう！　王妃であるわたくしを誹謗《ひぼう》するとは、教養のかけらもありはしない」

王妃はセラフィナを罵るばかりで、まともに会話が成立しない。

助けてはくれないかと父に目を向けるが、王妃の言動を注意しようという気はまるでないようで、使用人を呼びつけていた。

セラフィナは母の形見を受け取ることを諦めた。

明日出立となると急だが、粗末な小屋を出られるのだから僥倖《ぎょうこう》と思おう。

それに他国へ行けば、二度と王妃と妹からのいじめを受けずに済む。

セラフィナは小さな声だが、はっきりと伝えた。

「それでは明日、アールクヴィスト皇国へまいります。父上、母上、今まで育てていただきまして、ありがとうございました」

冷遇されてきたものの、最後なので挨拶をしておく。

父はいっさいこちらに目を向けない。ワインを飲みながら、減っていく液体を不機嫌そうに眺めている。

イザベルはなぜか、眉をひそめた。

ずるい猫のように双眸《そうぼう》を細めるとき、王妃は何事かを企《たくら》んでいる。

「いつまで座っているの！　なんて汚いんでしょう。おまえのような娘は潰れかけの小屋がお似合いよ。さっさと出ていきなさい」

まだ料理は提供されていない。晩餐は始まってもいないのである。

空腹を訴えるかのように、ぐうとセラフィナの腹が鳴った。

「あの、でも、家族と最後の晩餐を……」

「穢《けが》らわしい！　おまえはただの汚い小娘よ！　家族なんて言葉を使わないでちょうだい」

王妃の逆鱗《げきりん》に触れてしまった。かっとなったイザベルは眦《まなじり》を吊り上げ、甲高い声で捲《まく》し立《た》てる。妹のダリラは、叱られたセラフィナをくすくすと笑って眺めている。

家族などではなかった。この人たちが、初めからセラフィナにごちそうを食べさせてあげる気などないとわかっていたはずなのに、なにを期待していたのだろう。

晩餐を諦めたセラフィナは静かに席を立つと、項垂《うなだ》れて食堂をあとにした。粗末な小屋で、いつもの乾いたパンと冷めたスープを食べるために。


王宮の廊下をとぼとぼと歩むセラフィナの前に、恰幅《かっぷく》のよい夫人が立ち塞がる。

「セラフィナさま。ちょっと、こちらへ」

彼女は、王妃の侍女頭であるクロード夫人だ。

イザベルが幼少の頃から仕えている女官のひとりで、王妃の輿入れのときにレシアト国から随行してきた。砂漠の国の女官は気位が高いものなのか、バランディン王国を見下す発言がたびたびある。当然のごとく彼女はセラフィナを王族扱いなどせず、きつくあたる。

「なにかしら、クロード夫人」

「いいから来なさい。口答えするなんて生意気な！」

口答えしたつもりはないのだが、彼女にはなんと答えても怒りを買う。

ためらうセラフィナの腕を掴んで無理やり引きずると、クロード夫人は使用人の控えの間に押し込んだ。

「そこで待っていなさい」

命令すると、クロード夫人はバタンと音高くドアを閉めた。

狭いその部屋は主人の呼び出しを待つために、使用人が控えている場所である。ドアは廊下側と部屋側のふたつあるので、閉じ込められたわけではないが、立ち尽くしていることしかできない狭すぎる個室だ。

溜息《ためいき》をついたセラフィナは、呼び出しがあるまでひたすら耐えた。

しばらくすると、王妃の部屋から鈴の音色が鳴った。

主人が使用人を呼ぶときに使う鈴である。控えの間にはほかに誰もいないので部屋に続くドアを開ける。

王妃の部屋は壁一面が金箔《きんぱく》に彩られ、黄金の彫像が鎮座している。花瓶や椅子も黄金で造られていた。

バランディン王国は決して豊かではないのだが、王妃は贅を尽くした部屋に住んでいる。彼女は、祖国の自室はすべてが黄金に囲まれていたと主張して譲らない。

室内で女王のごとく顎を上げたイザベルが鈴を振り、こちらを睥睨《へいげい》していた。

晩餐があったはずなのに、なぜセラフィナを呼び出したのだろうか。

「王妃さま。晩餐はどうされたのですか？」

素朴な疑問を述べると、キッと敵のようにセラフィナを睨みつける。

「おだまりなさい。おまえのせいで王は気分を害したのよ。そこから一歩も部屋に入ってはなりません」

言われたとおり、戸口に佇《たたず》む。セラフィナは室内に入っていないが、ドアは開けられているので互いの姿は見えている。王妃は黄金の自室にセラフィナが入室することを一度たりとも許したことはない。

どうやら晩餐は中止されたようだ。

呼び鈴を卓に放り投げたイザベルは、代わりに扇子を手に取った。

閉じた扇子を、リズムをつけて鞭のように前後に振る。

「養子に出すからには、それなりの衣装を持たせなければならないと王が言うものだから、わたくしは断固反対したわ。おまえのような卑しい娘にどうして我が国の財産を分け与えなければならないのでしょう」

「そうですか……」

セラフィナは前王妃の娘なのに『卑しい』と称するのは、イザベルは前王妃にまったく敬意を払っていないことが透けて見える。彼女にとって前王妃は、死してなお目障りな存在なのだろう。

「いつもはわたくしの言うことに逆らわないのに、王は『皇国になんと言われるか』と保身を考えてばかり。体面を気にして、ちっともわたくしの気持ちをわかろうとしないわ。銀鉱山が手に入るのはもう決まっているのだから、こんな娘は身ひとつで放り出せばよいのに」

「はあ……」

セラフィナは曖昧に返答した。

予想はついていたが、セラフィナを女帝の養子に差し出す代わりに、銀鉱山を交換条件として提示したらしい。

バランディン王国の北側の山脈には、鉱脈が豊かな銀鉱山がある。その鉱山はアールクヴィスト皇国の所有物なのだ。大昔の戦いで皇国に敗れたので、山一帯を明け渡したといういきさつがある。そうして皇国から派遣された山師が鉱脈を掘り当てたのだという。

まさか銀が産出されるとは知らなかった当時のバランディン王は、返してほしいと嘆願すると、買い戻しを要求された。だが、王には買い戻す金がなかった。もとは我が国の所有物なのだと叫ぶことしかできなかった。一連の成り行きを知った国民は、「浪費家の王が銀鉱山を取り戻しても、どうせ豪遊して銀はなくなってしまう。皇国が管理したほうが銀鉱山のためさ」と揶揄《やゆ》した。

この逸話は、『愚かなバランディン王』として語り継がれている。

価値あるものを手にしても、無能な人間にはそれを活《い》かせないという教訓だ。

無論、こっそり街の人が笑い話にしているだけだが、その逸話はセラフィナの耳にも届いていた。

セラフィナに銀鉱山ほどの価値があるのか不明だが、歴代の王が喉から手が出るほど欲していた銀鉱山を取り戻せるのなら、父は喜んでセラフィナを差し出すだろう。

これで国庫も潤うのではないかと思われる。

セラフィナの目から見ても、イザベルとダリラが贅沢をしているせいで、国の財政は傾いているはずだ。その財源は国民の税金でまかなっているのである。

銀鉱山の収益で、国民の生活が豊かになればいいのだけれど……。

国民は前王妃である母を敬愛してくれていた。セラフィナとしても、バランディン王国の人々には幸福に暮らしてほしい。

セラフィナはバランディン王国の王族ではなくなるが、せめて国のためになるのならば、喜んで他国の養子になろう。

衣装を持たせたくないと延々と続けるイザベルの話を打ち切るべく、セラフィナは声をかけた。

「王妃さま。私は衣装は必要ありませんので、どうか王さまと喧嘩《けんか》をしないでくださ い」

「そういうことを言っているのではないの。おまえは本当に愚図ね。わたくしの話を聞いているの？」

「聞いています。私に衣装を持たせるかどうか、という話ですよね」

イザベルは強欲な色を帯びた双眸を向けた。心の中でセラフィナは身がまえる。

「前王妃が残した宝石などの形見の品を、おまえはまだ持っているんじゃないの？ それを差し出しなさい」

セラフィナは王妃に呼び出された理由が腑《ふ》に落《お》ちた。

祖国を去るセラフィナが、いかなる財産をも持ち出すことが許せないのだろう。

だが実際、母の形見の品など持っていないのだった。もしもそんなものがあるのならば、晩餐の席で王妃に嘆願しない。セラフィナが遺品の話をしたので王妃はそのことを思い出し、追及したくなったようだ。

「母の形見は持っていないのです。晩餐の席で言ったとおりです。ですから、王妃さまに遺品をいただきたいとお願いしたのです」

はっきりとセラフィナは言うが、イザベルは納得がいかないらしい。王妃は目を吊り上げると、戸口に歩み寄った。扇子でセラフィナの手をバシリと叩く。

「嘘《うそ》をおっしゃい。強欲なおまえのことだから、さらに王国の宝石を持ち出そうとしているのでしょう」

「そんなことは考えていません」

「わたくしがレシアト国の姫だったとき、王族の晩餐会で前王妃に会ったことがあるけれど、安っぽい宝石ばかり身につけていたわね。でも本当は大粒のダイヤモンドかエメラルドがあるのでしょう。おまえが隠し持っているのだわ！」

どうしてもセラフィナが隠し持っていると疑ってやまない王妃は、扇子でセラフィナの肩や手を叩き続けた。

「なんという強情な娘でしょう。卑しくて、欲深くて、本当に腹が立つ！」

王妃の不当な言い分と、扇子で叩かれる痛みに、セラフィナは歯を食いしばって耐えた。扇子は紙で作られているが、尖った金属が無数に貼られているため、それで叩かれると皮膚が傷つく。使用人を罰するために王妃が発注した特製品の扇子だった。

やがてセラフィナがどうあっても口を割らないと知ると、王妃は扇子を放り出す。

セラフィナの体を打ちつけた扇子は、ぼろぼろに壊れていた。

「もういいわ。そのまま控えの間にいなさい」

「はい……」

もういいと言いつつ、解放してはくれない。仕方ないので、セラフィナはその場に立ち尽くした。嘆息を零して、手の甲についた裂傷をさする。あかぎれだらけの手には傷がつき、さらに血を滲ませていた。

「クロード夫人、入ってきなさい」

「はい、王妃さま」

苛々《いらいら》した様子でイザベルはクロード夫人を呼び出す。

隣室の女官の部屋から駆けつけてきた夫人に、王妃は扇子の片付けと控えの間のドアを閉めることを命じた。

ドアが閉ざされ、セラフィナは再び狭い空間にじっと佇んでいるしかなくなる。

ここで長時間待たされる使用人の精神状態が、いかに苦痛か察せられた。

ややあって、すっかり足が痺れた頃に、廊下側のドアが開けられた。

「もうけっこうです。ご自分の離宮を片付けなさいませ」

愉悦の表情を見せるクロード夫人の台詞《せりふ》に、小首をかしげる。セラフィナの住んでいる小屋には片付けるほどのものはないが、どういう意味だろうか。

とにかく帰ってもよいそうなので、セラフィナは素早く王宮をあとにした。

だが、小屋の近くまで戻ってきたとき、異変を察する。

セラフィナは木立の陰に隠れて様子をうかがった。

バタンバタンという大きな物音とともに、「ウギャー!」と奇声が小屋から聞こえてくる。猛獣が暴れているかのような、怖気《おぞけ》の立つ気配だ。

「どうしてわたしがこんなことをしなくちゃならないのよ! 宝石なんてどこにもないじゃない!」

叫んでいるのはダリラだった。

小屋の周りには数名の使用人たちがいて、ダリラの凶行に怯《おび》えながらもなにかを探すような仕草をしている。どうやら彼女たちは王妃に命じられて、あるはずもない宝石を探しに来たようだ。

控えの間で待たされたのは、ダリラたちが宝石を探す時間を確保するためだったらしい。

王妃のゆがんだ執念に落胆する。

家族としての情が少しでも残されているのではという期待は、跡形もなく打ち砕かれた。継母《ままはは》と妹、そして実の父であるはずの王も、セラフィナを家族どころか人間としての尊厳を守ってくれない。

前王妃の娘というのは、そんなにも憎まれる存在なのだろうか。

本当にセラフィナが宝石を持っていたならば、それを彼女たちに差し出して、永遠に縁を切りたいと願う。

小屋に近づくと、使用人たちは戸惑った顔をした。彼女たちに、持ち場に戻るようこっそり言う。解放される幸運を得た使用人たちは小屋の中にいるダリラを残し、逃げるように去っていった。

「ダリラ……」

戸口に顔を出したセラフィナは、暴れている妹に声をかけた。

室内は無残なもので、ベッドが横倒しになり、敷かれていた薄いマットは引き裂かれている。桶や水差しなどの数少ない生活に必要な道具は破壊されていた。

憤慨したダリラは、キッとこちらを睨みつける。

「なによ！　さっさと宝石を出しなさいよ」

激怒している彼女に、せめてもと思い、セラフィナは毅然《きぜん》と言った。

「母の形見の宝石なんて、どこにもないのよ。でもあなたがたがそんなにも私の財産が欲しいのなら、アールクヴィスト皇国の養子になってから、いずれ支援するわ」

今のセラフィナは、なにも財産を持っていない。桶と水差しが壊れてしまい、もう水を汲むことすらできなくなった。

けれど、明日はアールクヴィスト皇国へ出立するのだ。

遠い未来のことかもしれないが、もしもセラフィナが女帝になれる日が来たとしたら、祖国へ支援できる。

それは王家のためではなく、生まれ育った祖国のためだった。

この瞬間、セラフィナには将来の目標ができた。

なにも希望がなく、死を望まれていた王女が、明日へ向かって歩き出せたのである。

ダリラはきつい眼差《まなざ》しでセラフィナを見た。戸口に立っている痩身を、どんと乱暴に押しやる。

「あんたなんか早々に氷の大公の怒りを買って追い出されるに決まってるでしょ！」

捨て台詞を吐いたダリラは出ていった。彼女が荒らした部屋は台風が去ったあとのごとく静かで、荒廃していた。

祖国の最後の日が、盗人《ぬすっと》に荒らされた部屋で過ごすのは悲しい限りだ。

「氷の大公……。皇国には恐ろしい人がいるのね」

小屋の片隅に腰を下ろすと、ちらちらと壊れた窓から細かい雪が吹き込んでくる。

悲惨の極みにあっても、セラフィナの胸には希望があった。

ぎゅっと胸元を握りしめる。

そこには、雪の結晶の形をした痣があった。

痣はまるで、深い海のような紺碧の色をしている。

生まれたときからあるこの痣のせいかはわからないが、セラフィナは不思議な力を持っていた。

手をかざすと、そこに舞い落ちた粉雪がキラキラと光り輝く。小さく渦を巻いた粉雪が、ぱっと散った。

セラフィナは氷や雪を操る魔法を使える。水や火などほかの属性は操れないので、限定的な能力のようだ。バランディン王国は大量の雪が降るほどの寒冷地ではないから、今のところ、こうして少しの雪を舞わせるくらいしかしたことがない。

この魔法が、誰かの役に立てないだろうか。

悪用されては困るので、この力のことは母以外の誰にも話したことはなかった。

母のクリスチーナは、セラフィナの痣と魔法について詳しく語ろうとしてくれた矢先に亡くなってしまった。

統治者の賢明な妻として育ってほしいと願っていた母。国を想《おも》っていた母の遺志を
この国では継げなかったけれど、皇国でこそ、偉大な統治者になりたいと思った。

「私……いつか、女帝になるわ」

これまでは虐げられて、なんの力も発揮できなかったけれど、セラフィナには未来がある。もしも女帝になれたなら、国民のために力を尽くし、国をよりよい方向へ導いていくことに生涯を捧《ささ》げたい。

セラフィナが両手を広げると、数多《あまた》の粉雪が煌めく。

それはまるで新たな門出を祝福するかのようだった。

第二章　氷の大公

横倒しにされたベッドを直す気にもなれず、セラフィナは引き裂かれた毛布にくるまり、朝を迎える。

兵士が迎えに来たので、王宮の裏口へまわった。

そこには辻馬車《つじばしゃ》のような質素な馬車が一台のみ待機していた。無論、出立のための式典や見送りなどはない。父は来ていなかった。

王の正式な娘である第一王女の出立としては、考えられない粗末さである。

これまでの扱いを鑑みると、セラフィナにとってはごく当然なので驚きはしない。

前日に、セラフィナの衣装について父と王妃が揉《も》めたようだが、荷台には衣装ケースらしきものが積まれていた。

ケースを開けてみると、そこにはダリラが着古したドレスが詰め込まれていた。体裁だけは整えようとしたようだ。ほかのケースには毛皮などが入っているが、こちらは真新しい。女帝への贈り物だろうか。

さすがにぼろぼろのドレスでアールクヴィスト皇国に入国するわけにはいかないの

で、あとで着替えようと思いつつ、セラフィナは馬車に乗り込んだ。

ところが、隣席に悠々とクロード夫人が座る。

セラフィナは目を瞬かせて、豪華な毛皮をまとっているクロード夫人を見やった。

「……クロード夫人は見送りなの？」

「なにをおっしゃいます。わたくしは王妃さまの命を受けて、セラフィナさまの教育係として同行するのですよ」

なんと、クロード夫人がアールクヴィスト皇国へついてくるらしい。

彼女は王妃付きの女官なので、これまでにセラフィナになんらかの教育をしてくれたことなど一度もない。まさかとは思うが、監視役ということだろうか。

「……もしかして、馬車の荷台に積まれている荷物は、クロード夫人の私物なの？」

「もちろんですとも。アールクヴィスト皇国は極寒だと聞き及んでいますからね。毛皮をたくさん持参いたしますわ。わたくしは寒さが嫌いなのに、ああいやだ」

真新しい毛皮が入っているケースはクロード夫人の私物だった。

セラフィナは思わず溜息をつく。

クロード夫人を使って、王妃がセラフィナの邪魔をする腹づもりなのが透けて見えたからだ。レシアト国出身の夫人は王妃を崇拝しているので、バランディン王国への恩義がない。ひたすらイザベルの命令に従う信者のようなものだ。

皇国に迷惑をかけなければいいけれど……。

今のセラフィナの希望は女帝になる未来と、前世の記憶による慰めのみだった。

そういえば、車に轢かれたときに助けた子犬はどうなったのかしら……。

あの子犬も今世に転生できていたらいい。前世では死亡したであろう雪菜の身の上を、月城は悲しんだだろうか。自分が今この世界にいるように、もしかしたら彼もいないだろうか。

優しい彼の面影は、転生してもまだ瞼《まぶた》の奥に焼きついていた。

御者が手綱を取り、馬車の車輪が回り出す。

アールクヴィスト皇国へ向けて、誰も見送りがないアラサー王女の馬車は出立した。


一か月ほどをかけて、ついに馬車はアールクヴィスト皇国の領地へ入った。

極北へ近づくたびに気温は下がり、朝晩は痛むほどに体が冷える。

今は極寒の時期ではないので、まだ凍え死ぬことはないが、セラフィナが着ている薄いドレス一枚では、皇国の冬はとても越えられないだろう。

クロード夫人は豪華な毛皮をまといながら、寒い寒いと連呼していた。途中に立ち寄る宿では、セラフィナに食事を与えようとせず、宿の者に「この娘に食事はいりません」と毎日断る台詞を聞かされる。

セラフィナは水を飲んで空腹を耐えつつ、宿の者がこっそり与えてくれるパンを食べて飢えをしのいだ。

わかってはいたが、クロード夫人は徹底的にセラフィナを虐げるために、王妃から同行を命じられている。彼女がその日に行ったことを、羊皮紙に記しているのを見ていた。王妃に報告するためだろう。

王女の一行が立ち寄ることは、事前に各宿へ通達されている。クロード夫人はセラフィナよりかなり年上なので、どう見ても王の娘には見えない。

なんらかの事情があり、王女は虐げられているのだと察した宿の者たちの憐憫《れんびん》を含んだ視線が痛いが、セラフィナは彼らに感謝していた。

家族よりも隣人よりも、初対面の他人がなんの代価も払えないセラフィナを救ってくれたのだ。いつか女帝に即位して、彼らの生活をしっかり支えられる為政者になろうという決意をした。

山間の耕作地が広がる街道を馬車は駆けていく。

冬なので作物は実らず、耕作地は休眠している状態だ。餌を探す鳥が羽を震わせているのが見える。皇国はとても自然が厳しいところだ。車窓から景色を眺めていたセラフィナは、この土地で生活を営むのは容易ではないと思った。

だが人の心は優しい。

不遇な身の上のセラフィナに、宿の人はパンを与えてくれたのだから。

そういった心優しさが皇国の国民性であることを期待する。

やがて馬車は耕作地帯を抜けて、首都へ辿り着く。

隣のクロード夫人は、田舎だと馬鹿にしていたが、整備された街並みは綺麗だった。

今日は晴れ間が覗《のぞ》いているので、穏やかな優しい陽射しが降り注いでいる。

さらに首都の奥へ向かうと、壮麗な宮殿が車窓いっぱいに広がる。

セラフィナは思わず感嘆の声を漏らした。

「まあ……なんて素晴《すば》らしい宮殿なのかしら！」

まるで巨大な鳥が羽を広げたかのような華麗さだ。庭園の向こうに佇む宮殿はミントグリーンの壁が爽やかで、何百という数の窓が規則的に並んでいる。

正門で検問した衛士は雄壮な軍装をまとっていた。

馬車が通ることを許可され、宮殿の正面へ向かって広い道を駆けていく。

セラフィナの鼓動が早鐘のごとく高まる。

いよいよ、アールクヴィスト皇国の宮殿へ到着するのだ。そして、女帝陛下に挨拶する。

ところがその胸の高鳴りを叩き潰すかのように、クロード夫人が御者に命じた。

「裏口に馬車をつけなさい！」

御者は命令に従い、手綱を操って馬車の方向を転換する。そのまま正面玄関を避けてしまった。

セラフィナが正面玄関を振り返って見ると、王女の到着を待っていたのであろう侍従や侍女たちが戸惑っている様子が見て取れた。

「クロード夫人。なぜ裏口へ向かうの？」

裏口は主に、使用人の通用口として使用するものである。

女帝の養子となるべく訪れた他国の王女が通るところではない。

建物をぐるりとまわり、馬車は迷った挙げ句、裏手の簡素な扉の前で停車した。もちろん、迎えの者は誰もいない。籠を抱えて出てきた使用人が通り過ぎていった。

クロード夫人は厳《いか》めしい顔つきで、セラフィナに言い聞かせた。

「よろしいですか、セラフィナさま。あなたは分をわきまえなければなりません。堂々と正面から入れるような王女ではないのですから、裏口から入るべきです。そもそも、あなたは本来なら死ぬまで小屋にいるべきなのですよ。王妃さまの恩情をありがたく思っている態度があなたには見られないと、王妃さまは大変お嘆きで……」

クロード夫人の説教は延々と続いた。

彼女はひたすらイザベル王妃を庇《かば》い立《た》て、セラフィナの態度が悪いので王妃が可哀《かわい》想《そう》であると述べる。

夫人はアールクヴィスト皇国の人間ではないし、この国での権限はなにもないはず。それなのに、迎えを無視して勝手に裏口から入れと指示するのは、皇国に対して不作法ではないか。

セラフィナは冷や汗をかいた。

クロード夫人がこの調子だと、自分にすべての権限があるかのように振る舞いかねない。彼女の立場は王女の侍女である。そうするとクロード夫人が暴言を吐いたら、セラフィナに責任が生じる。

皇国では新参者なのだから、できるだけ控えめにしたいのだが。

「あの、クロード夫人、そろそろ宮殿へ……」

「なんですって⁉　わたくしの話を遮るだなんて、なんて生意気なんでしょう。口答えするなんて王女の資格がない……」

誰かが馬車に近づいてきた気配に、目を眇《すが》めたクロード夫人は口を噤《つぐ》む。皇国の従者だろうか。クロード夫人の暴言が聞かれたのではないかと思い、ぎくりとしたセラフィナは硬直した。

現れた男性は優雅な仕草で、馬車のドアを開けた。

「失礼。なにかあったのか？　馬車が止まってから、しばらく時間が経《た》ったようだが」

甘くて深みのある声をかけた男性の容貌に、セラフィナは息を呑む。

輝く白銀の髪はさらりと額に落ちかかり、紺碧の双眸は深い海を思わせる。眉目秀麗な顔立ちからは知性が滲み出ていた。

すらりとした体躯《たいく》を上質のジュストコールに包んでいるが、華奢《きゃしゃ》ではない。背が高く、鍛えていると思われる剛健な肩、そして強靭《きょうじん》な胸板は勇猛な雄を感じさせた。

服装から察するに、彼は従者ではありえなかった。

おそらく身分の高い貴族ではないか。

大きなてのひらを差し出した男性は、無愛想に告げる。

「俺の名は、オスカリウス・レシェートニコフ大公。よろしくお見知りおきを。セラフィナ王女殿下」

「レシェートニコフ大公……」

大公ということは皇族であり、皇国内に存在する領邦の君主という立場になる。

大公という身分と、彼から滲み出る冷酷な雰囲気に、セラフィナは「ああ、この人が……」と思う。

ダリラが言っていた『氷の大公』とは彼のことではないか。

すると、セラフィナが臆したのを見抜いたオスカリウスは、眉をひそめる。

「そうだ、俺が世間で『氷の大公』と呼ばれているオスカリウス・レシェートニコフだ。くだらない愛称だが、通りがよくてね」

顔に出てしまったと思い、セラフィナは恐縮する。

冷たい瞳をこちらに向けているオスカリウスに、笑みはまったくなかった。

「お迎えいただき、ありがとうございます。私はバランディン王国よりまいりました、第一王女のセラフィナです」

挨拶するセラフィナに、オスカリウスは淡々とした声音で返す。

「きみの名はすでに知っている。それよりも、俺はいつまで手を出していればよいのだろうか。淑女ならばエスコートを受けたまえ」

「あっ……申し訳ありません」

オスカリウスはセラフィナを馬車から降ろすために、手を差し出したままなのである。それを無視されるのは男性として屈辱なのだ。

セラフィナは「王女殿下」と呼ばれて礼を尽くしてもらえるのも、誰かにエスコートしてもらうのも久しぶりのことなので、作法をよく知らなかった。

ぎこちなくオスカリウスの手に、自らの手をそっと重ねる。

嘆息を零したオスカリウスは、呆《あき》れたのだろう。彼はつないだ手を引いて、セラフィナを馬車から降ろした。乱暴ではないものの、優しくもない。

クロード夫人は突然の大公の登場に口を閉ざし、侍女に案内されてさっさと宮殿内へ入っていった。

「あ、ありがとう。レシェートニコフ大公」

礼を述べて、オスカリウスを改めて正面から見上げたセラフィナは、はっとした。

え……月城さん？

彼の眼差しが、前世で会社の御曹司だった月城リオンに似ているのだ。

だけど、髪や目の色は異なるし、雰囲気がまるで違う。月城は柔らかい印象だった。

オスカリウスは手を離すと紳士の作法として、曲げた肘を軽く突き出した。

エスコートされる淑女は、男性の肘に手をまわして歩くのだ。

そっと彼の肘に手を添えたセラフィナは、小さく問いかける。

「あの……もしかしてあなたは、月城さんではありませんか?」

彼は自分と同じ転生者かもしれない。

瀬良雪菜は事故で亡くなったのだろうけれど、転生までどのくらい時間がかかったのかわからない。だから実はかなりの時間が経っていて、月城も転生したなんてこともありえる。

だけどオスカリウスは興味なさげに言った。

「ツキシロサン? さあ。俺は名乗ったはずだが、なぜ別人かと問われるのか理解しがたい」

「すみません。知り合いに似ていたものですから……」

どうやら人違いのようだ。

オスカリウスは不機嫌にはならなかったが、冷徹な表情を崩さない。エスコートはするものの、セラフィナを見ようともしなかった。

大公なので気位が高いのかもしれないが、冷たい人なのだろうか。

オスカリウスは冷淡に言葉を紡ぐ。

「もし、きみにほかの男への恋慕があるなら、今すぐに捨てるべきだ」

「どうしてそんなことを言うんですか?」

「俺は、きみの未来の夫なのだ。きみ次第で、我々の将来の運命が決まる」

「……えっ⁉　どういうこと？」

「それについては、のちほど詳しい説明があるだろう。まずは宮殿へ案内しよう。陛下がきみの到着を待ちわびている」

オスカリウスに連れられて、セラフィナは裏口から入り、廊下を通り抜けた。

台所から出てきた使用人が通りすがったオスカリウスとセラフィナを目にして驚いている。彼の身分ではこのような裏手は訪れないだろう。

「あの……レシェートニコフ大公」

「オスカリウスと呼んでくれ。なにか質問かな？」

「では、オスカリウス。どうしてあなたは裏口で待っていたのですか？」

「未来の夫」という彼の発言も気になるが、なぜ大公のオスカリウスが裏口にいたのか疑問に思った。

オスカリウスは銀色の長い睫毛《まつげ》を瞬かせると、無表情に答える。

「もちろん正面玄関で待っていたが、馬車が方向を変えたので裏口へ駆けつけた。バランディン王国では、王族は裏口から入るというしきたりでもあるのか？」

「そういうわけではありませんが……その、私の身分では裏口から入るのが適切ではないかと思ったのです」

セラフィナの意思ではないのだが、クロード夫人が言ったことを伝える。するとオスカリウスは眉をひそめた。

「きみはバランディン王国のセラフィナ王女のはずだ。まさか別人ではあるまい？」

「別人ではありません。私がセラフィナです」

「……セラフィナ王女は、胸に雪の結晶型の痣があると聞いている」

なぜか痣のことを知られているのに驚いたが、養子に迎えるのだから、皇国側で調査したのかもしれない。

位置としても、痣は胸元の見えるドレスを着ていたら他者にもわかる。

今着ているワンピースは首元まで隠れているので、痣は見えない。

「本当です。痣はあります」

「そうか。まあいい」

彼は体の向きを変えて、さっさと進んでしまう。

なんだか気まずい空気になってしまった。

ぎこちなく彼の腕に手を添えたまま、セラフィナは端整な横顔をうかがう。

外見や醸し出す雰囲気からは冷徹に見えるオスカリウスだけれど、やっぱり、月城に似ている気がする。

会社の役員だった月城リオンに、セラフィナの前世――瀬良雪菜は心残りがあった。彼に食事に誘われたのに、それに応えることができず、車に轢かれて人生を終えてしまったのだ。

プロジェクトで接点があったとき、彼が丁寧に教えてくれたことに好感を持った。だが、イケメンで御曹司の月城を狙うライバルは多く、凡庸な雪菜が恋をしても、成就しなかっただろう。自信がないので、初めから諦めていた。

――平凡な容姿の私を、イケメンの月城さんが好きになるわけがない。

それに仕事が忙しすぎて、真剣に恋愛をしようという気持ちにもなれなかった。雪菜が所属していた保険事業部はノルマが厳しく、顧客へのフォローや新規客の獲得、新規案件についての会議など朝から晩まで多忙な日々が続いていた。

充実してはいたが、満たされていたかというと、そうでもない。

仕事は女の人生を裏切らない――なんていう誇大広告に踊らされていたと思う。

だけど、仕事はしていても恋愛が不可能だったわけではないはず。

なんらかのきっかけがあれば、恋愛を楽しみ、結婚を叶《かな》えることもできたのではないか。

そう、たとえば月城さんの誘いに応じられていれば——。

前世の切ない記憶が、オスカリウスに接触したことにより、怒濤《どとう》のごとく流れ込んでくる。

彼は月城によく似ている気もするが、本人は知らないと言っているので、やはり別人なのだろう。

やがてオスカリウスの案内で、豪奢な長い回廊に出る。

天井にも柱にも、至るところに精緻な彫刻が施されていて麗しい。さすが広大なアールクヴィスト皇国の宮殿は、どこを見ても溜息が出るほどの美しさを誇っていた。

壮麗な回廊に、ずらりと並ぶドアのひとつに辿り着く。ドアの脇にはお仕着せをまとった数人の侍女が控えていた。

「こちらの部屋で待っていてくれ。俺はセラフィナ王女が到着したことを、陛下に報告してこよう」

「ええ。お願いします」

オスカリウスがドアを開けると、そこは控え室だった。豪奢な羅紗《らしゃ》張《ば》りの椅子に、大理石のテーブル。室内には精緻な装飾で彩られた暖炉がある。

素敵な部屋に溜息を漏らしていると、退室したオスカリウスと入れ替わりに控えていた侍女たちが入室して、セラフィナに一礼した。

「王女さま。お着替えを、お手伝いします」

セラフィナが着ているのは、着古したワンピースだ。これから女帝に面会するのに、この格好では訝《いぶか》しがられるだろう。

だが、そこへ姿を現したクロード夫人が声を上げる。案内した侍女を押しのけているので、勝手に宮殿内を歩き回っていたようだ。

「着替えは必要ありません。おまえたちは部屋から出ていきなさい」

突然の命令に、侍女たちは顔を見合わせる。

しかし、王女についてきたからには侍女頭など地位の高い人物と思われるので、刃向かったら職を失いかねない。そもそも一介の侍女が宮殿において意見を申し立てることなど許されなかった。

彼女たちはクロード夫人の命令どおり、部屋を出ていった。

困惑したセラフィナは、夫人の考えを問う。

「クロード夫人。あなたが着替えさせるので、侍女たちは必要ないということなの？それではまるで、皇国を信用していないと思われ……」

「セラフィナさまは相変わらず、わたくしの話を聞いておりませんのね。わたくしは

『着替えは必要ありません』と申し上げました。あなたはそのままの格好でよろしいということです」

セラフィナの発言を遮り、クロード夫人は自分が主であるかのように居丈高に告げる。

さすがにこの服では、女帝に対して失礼ではないか。綺麗なドレスに着替えさせてもらえるのなら、申し出を受けたほうがよい。

「どうしてかしら。長旅だったし、着替えたほうが女帝陛下に対して……」

「まあまあ！　さっそく皇国に染まるというのですか⁉　あなたはまだバランディン王国の王女なのですよ。ですからそのままでよいと言っています。わたくしの見解に間違いがあるのでしたら、おっしゃってみなさい」

セラフィナがなにかを述べようとすると、クロード夫人はそれを遮り、自分の意見を無理やり押し通そうとする。

小さな溜息をついたセラフィナは着替えることを諦めた。

クロード夫人はセラフィナが美しい格好をして、万が一にも女帝の地位を継ぐということを阻止したいのだ。初見からみすぼらしい格好なら、誰だって後継者に指名するのを躊躇《ちゅうちょ》するだろう。お飾りの養子になって、虐げられた王女という不幸な境遇のままでいてほしいのである。それがイザベル王妃の望みであり、クロード夫人は王妃の代弁者だった。

だが、後継者問題はともかくとして、みすぼらしいセラフィナを見た女帝が養子縁組を破棄するようなことになったら、セラフィナは帰るところがなくなる。

王妃は王国へ戻ってくることは許さないと明言していた。父も庇ってはくれないだろう。行き場をなくしたセラフィナは路頭に迷うしかなくなる。

そもそも、セラフィナには統治者となって国民を幸せに導くという夢ができたばかりだった。この夢を潰《つい》えさせたくない。

それに、セラフィナが養子縁組を破棄されたら、代わりに手に入れた銀鉱山も返却しなければならないかもしれないのだ。どうして王妃はそのリスクに気がつかず、セラフィナの邪魔をするのだろうか。皇国に睨《にら》まれるとバランディンにとって国同士の関係悪化につながり、よくない。

財政危機に瀕《ひん》しているバランディン王国のためにも、なんとしても養子縁組だけは穏便に済まさなければならない。

けれど、女帝に会うためにドレスすら着替えられない今のセラフィナに、なにができるというのか。

志はあるものの、セラフィナは満悦した表情のクロード夫人を横にして、ただ佇んでいることしかできなかった。

ややあって、ドアの外に複数の足音が鳴り響く。

「陛下のお越しです」

侍従によって告げられ、ドアが開かれた。

部屋の隅に佇んでいたセラフィナは息を呑む。

アールクヴィスト皇国の女帝ヴィクトーリヤは、優美な微笑《ほほえ》みを浮かべていた。

黒髪に青い瞳が印象的な美女だが、双眸は為政者の茫洋《ぼうよう》さを帯びている。

彼女は威厳に満ちていて、金糸の織り込まれた漆黒のドレスをまとっていた。

女帝の醸し出すオーラに圧倒されたセラフィナは、膝を折る。

「はじめまして、陛下。バランディン王国の第一王女、セラフィナでございます」

女帝の前で、セラフィナはただの小娘だった。しかも、女帝とは対照的なみすぼらしいワンピースなのだ。腰ほどまでの栗色《くりいろ》の髪は櫛《くし》を通していないので、ぼさぼさである。

だがヴィクトーリヤは眉をひそめることなどなく、双眸を細めてセラフィナを見やる。その瞳は慈愛の色を帯びていた。

「遠いアールクヴィスト皇国まで、よくぞ来てくれました。賢そうな顔つきの王女ね。あなたを歓迎するわ、セラフィナ」

「お目にかかれて光栄です、陛下」

みすぼらしい王女だと罵倒されることはなかった。

女帝は着ているもので判断しないのだと知り、セラフィナの胸に安堵《あんど》が広がる。

ヴィクトーリヤの背後にいるオスカリウスのほかに、もうひとり眼鏡をかけた男性が女帝に付き従っている。侍従のお仕着せではなく、上等なフロックコートをまとっていた。

女帝はセラフィナに、こちらの男性を紹介する。

「彼は宰相のアレクセイ・ドミトリエフ。まずは我が国のしきたりについて、アレクセイから説明してもらいましょう」

「よろしくお願いします、セラフィナさま」

長い黒髪を束ねた宰相のアレクセイは、セラフィナに向かって慇懃《いんぎん》な礼をした。

彼の年齢はオスカリウスと同じくらいで、二十代後半に見える。まさか宰相という地位にある国の重鎮だとは思わなかった。

「よろしくお願いします」

セラフィナは礼を返す。

羅紗張りの椅子に腰を下ろした女帝の足元に、音もなく狼《おおかみ》のような漆黒の獣が寄り添う。

宮殿で飼っている大型犬と思われるが、その犬に見覚えがあるような気がして、セラフィナは首を捻《ひね》る。

口を尖らせているクロード夫人に、女帝はさらりと命じる。

「侍女は別室に控えていなさい」

「おそれながら、陛下。セラフィナさまは心身が健康ではありませんから、わたくしが常にそばにいなければなりません」

クロード夫人は揚々と答えた。

セラフィナから離れたら、この場で後継者に指名されてしまうかもしれない。そう考えたクロード夫人は理屈を捏《こ》ねて、セラフィナを不利な状況に追い込むつもりだ。

「え……心身が健康でないなんて、そんなことはありません」

セラフィナが嘘を正すと、ぎろりとクロード夫人に睨まれる。

ところがクロード夫人が口を開く前に、冷めた視線を投げたヴィクトーリヤが言い放った。

「わたしは同じことを二度は命じない。そなたの魂はひとつしかないでしょう」

ぽかんとしたクロード夫人は瞬《まばた》きを繰り返す。

つまり女帝は、二度も命じさせる愚鈍な部下は、ひとつしかない魂を抜くと示唆しているのだ。魂がふたつあるのなら、二度進言してもよいというわけである。

意味を理解したのであろうクロード夫人は渋々退出した。

女帝はクロード夫人の態度に訝しげに眉をひそめるが、すぐにセラフィナに向き直る。

「なにか不審なものを感じるわね。あなたがセラフィナ王女本人であると確認をしてもよいかしら」

「もちろんです」

慧眼《けいがん》の女帝はクロード夫人の態度から、違和感を覚えたようだ。

彼女の言動やセラフィナの格好を見たら、バランディン王国が偽の王女を遣わせたのではないかという疑念が生じるのも、もっともである。

「養子の話を出す前に使いを送って判明したのだけれど、セラフィナ王女は胸元に雪の結晶の形をした痣があると聞いているわ。それはとても大切なしるしなの」

「生まれたときから、その痣があります。お見せいたします」

「では、こちらにいらっしゃい」

ヴィクトーリヤに促されて席を立つ。

セラフィナは女帝とともに隣室へ入った。

そこでは侍女たちが待機していて、彼女たちの手により素早く衝立が広げられる。

衝立の陰にセラフィナとヴィクトーリヤのふたりが入り、向き合う。

セラフィナは古着のワンピースを脱いだ。

下着姿になったセラフィナの胸元がさらされる。そこには雪の結晶を象《かたど》ったような痣があった。

痣を見つめたヴィクトーリヤは大きく頷く。

「本物ね……。これこそ、帝位継承者の証《あかし》よ」

「これが……ですか？」

母は魔法と痣については、詳しいことを話してくれる前に亡くなったので、この痣が帝位継承者の証だとは知らずにいた。

ヴィクトーリヤはまっすぐにセラフィナの目を見ると、唇に弧を描く。

「しかも雪の結晶の形は特別なもので、聖女のしるし。あなたが聖女の生まれ変わりということよ。アールクヴィスト皇国には『千年に一度だけ、前世の記憶を持つ聖女が現れる』という伝承があるの。かつて皇国に現れた聖女は慧眼を持っていて、彼女は初代女帝に即位したのだけれど、国民のために様々な改革を行ったわ」

聖女の伝説を聞いて、どきりとする。

セラフィナは転生しているが、前世は一般的な会社員で、特別な力はなにもなかった。もちろん聖女なんていう存在ではない。

女帝は言葉を継ぐ。

「わたしにも痣があるの。これは狼の形よ」

ヴィクトーリヤは胸元を開き、そこにある痣を見せた。

確かに狼の横顔が、くっきりと刻まれている。セラフィナの痣と同じく、偶然できたとは言えないほど形状が美しかった。

「でも、この痣さえあれば帝位を継げるわけではないわ。アレクセイから話をしてもらうから、まずは着替えなさい」

「はい。陛下」

ヴィクトーリヤが衝立を出ると、代わりにドレスを手にした侍女たちが入ってきた。

女帝の指示により、着替えさせてもらえるらしい。クロード夫人は別室にいるので、誰も反対する者はいない。多くの人に会うたびに、着古したワンピースでは恥ずかしいと思っていたので助かった。

薄紫色の清楚《せいそ》なドレスに着替え、侍女が手にした櫛で髪が梳《す》かれる。ゆるく髪を結ってもらうと、セラフィナのみすぼらしさがなくなった。

侍女が掲げた鏡を目にしたセラフィナは、美しいドレスを着た自分の姿に感激した。

王女としての華やかさはないが、これなら恥ずかしくないのではないか。みすぼらしい服だからと、うつむくことなく、顔を上げていられる気がする。

微笑みを浮かべたセラフィナは衝立から出た。

格好を整えたセラフィナを、ヴィクトーリヤは出迎える。

「それでは応接室に戻りましょう。長旅で疲れているでしょうけれど、わたしとの公式の謁見の前に、あなたを養子に迎えるにあたっての条件を知ってもらう必要があるわ」

「はい。陛下」

女帝の養子になるには条件があるのだ。

そのような話は初耳なので、セラフィナは緊張したが、ぴんと背を伸ばす。

応接室へ戻ると、セラフィナの姿を見たオスカリウスが瞠目《どうもく》する。

だが彼はすぐに目を伏せた。

ヴィクトーリヤは待っていたアレクセイとオスカリウスに着席するよう促した。彼らは女帝と王女とは距離を保ち、それぞれ端の椅子に腰を下ろす。狼のような大型犬は行儀よく伏せており、ゆるりと尻尾を揺らしていた。

アレクセイは手にしていた冊子をかまえると、革製の表紙をめくった。

「セラフィナさまを陛下の養子とするにあたりまして、我が皇国の帝位継承条件について、ご説明いたします」

「はい。お願いします」

「まず、アールクヴィスト皇国では代々女性が君主になるものと諸外国からは思われていますが、その限りではありません。実は皇国には、秘密の継承条件がございます」

「秘密の継承条件……ですか？」

セラフィナは目を瞬かせる。

君主であるヴィクトーリヤに跡継ぎとなる実子がいないので、セラフィナが養子として望まれたのだと思っていた。

アレクセイは眼鏡のブリッジを指先で押し上げると、重々しく頷いた。

「その条件とは、継承者の証である痣を持っていることです。痣があるということは、魔法の力を持っているのは確定しております。セラフィナさまは、動物もしくは無機物を操れるなどの不思議な力を持っているのではありませんか？」

「どうしてそのことをご存知《ぞんじ》なのですか。お母さまにしか話したことがないのに」

ずっと隠し通すものと思っていたのに、まさかここで魔法が話に上るとは思わなかった。しかも継承者の証である痣は、魔法の源だったらしい。

セラフィナの反応を見たヴィクトーリヤの眼差しに熱が籠もる。

「あなたの母親であるクリスチーナは魔法がなかった。だけど皇族の女性には、稀《まれ》に魔法を持つ者が生まれるの」

確かに、セラフィナの母であるクリスチーナはアールクヴィスト皇国の皇族だった。でもまさか、皇国の皇族の血筋だから魔法を受け継いでいたなんて。

真実を明かされて、セラフィナは驚きに目を見開く。

「でもどうして、陛下の痣と私のとは形が違うのですか？」

「先ほども、雪の結晶の形は聖女のしるしだと話したわね。アールクヴィスト皇国にはその昔、伝説の聖女がいたの。聖女は魔法を操って人々を助け、皇国の初代女帝となったわ。彼女の痣は、雪の結晶の形をしていたそうなの。あなたのようにね」

はっとしたセラフィナは胸元の痣に手を当てる。

着替えたドレスは襟刳《えりぐ》りが広いので、鎖骨の下あたりにある痣が他者からも見えている。

ヴィクトーリヤは白い指先で自らの痣を撫でた。その手を下ろし、彼女の足元に控えている大型犬の背をゆるりと撫でる。

「この狼は、ルカというの。わたしの相棒よ。わたしの魔法は動物と話せることなので、彼と会話できるわ」

女帝の相棒であるルカは本物の狼らしい。

黒くて尖った耳、鋭いブルーの瞳、太い脚には見覚えがある。

ルカはセラフィナが前世で助けた子犬によく似ていた。

あのときは車に轢かれたと思ったけれど、子犬はどこかに行って、雪菜はそれを追いかけたような記憶が残されている。

まさか、私をこの世界に導いてきたのがルカなの……？

だけどルカは成犬だし、尻尾を揺らして悠々としている。セラフィナに見向きもしないので、彼はなんとも思っていないようだ。

不思議に思うが、今は帝位の継承について確認しようとセラフィナは向き直る。

セラフィナは帝位を継承する条件を兼ね備えている。しかも伝説の聖女と称された初代女帝と同等の賢帝になれる可能性を秘めているという。

なにかの役に立つのだろうかと思っていた魔法が、まさか帝位を継ぐための必須条件だったなんて驚きを隠せない。

だが、ふたりの話を見守っていたアレクセイが異議を唱えた。

「お待ちください。セラフィナさまが魔法を持っているとはいえ、それはまだ自己申告の段階です。つまり、帝位を継承する可能性があるという話です。広大なアールクヴィスト皇国を統治するには、マジック程度の魔法では困ります。それなりの力を示していただきませんと」

「そうね。どの程度の魔法なのか、さっそく見せてもらいましょう」

セラフィナは、ごくりと唾を呑み込む。

単に魔法を持っているだけでは帝位を継ぐ資格があるとは言えないのだ。統治者として、帝国を導けるほどの能力でなくてはならない。

伝説の聖女と同じ痣があるからには、強大な魔法だろうと期待されているのがうかがえる。

だけどセラフィナは雪や氷をてのひらで煌《きら》めかせることくらいしか、したことがない。

「……私の魔法は雪と氷を操れることです。それでは、お目にかけますね」

自信がないが、とにかくこの場で披露しなければならない。

椅子から立ち上がったセラフィナは窓辺へ近寄った。

窓の外は庭園があり、針葉樹に細かい雪が積もっている。

さっと立ち上がったオスカリウスが、窓を開けてくれた。窓に突き出すように伸びた枝葉にのった雪のかけらを、セラフィナは伸ばした手で掬《すく》い上《あ》げる。

てのひらの上で、きらりと雪が光り輝く。舞い上がった雪は踊るようにくるくると渦を描いた。

だが、すぐに解けて儚《はかな》く消える。

それが今のセラフィナが持つ能力のすべてだった。

凝視していたヴィクトーリヤとアレクセイは冷静に感想を述べる。

「確かに魔法だわ。でも、わずかな力ね」

「とても陛下の魔法には及びません。陛下は狼の大群を従えられるのですから、せめて吹雪を収めるくらいは見せていただきませんと。初代女帝は魔物を凍りつかせて村人を救ったという史実があります」

歴代の女帝と比べたら、わずかな力のようだ。

セラフィナは自分が情けなくなり、うつむく。

そうすると虐げられていたときと同じように、顔つきまで暗くなった。

だが、オスカリウスが声を上げる。

「セラフィナはこれまで魔法を隠していたようですから、鍛えたことがないのでしょう。ですから今後鍛錬を積めば能力が向上するかもしれない。それに危機的状況になれば、秘められた力が解放することもありえる」

彼の発言に、セラフィナは思わず顔を上げた。

冷酷な人なのだと聞いていたが、庇ってくれるなんて意外に思った。

ヴィクトーリヤは鷹揚《おうよう》に頷く。

「そのとおりね。現在の力ですべてを判断するつもりはないわ。ひとまず魔法は確認できたことで、よしとしましょう」

オスカリウスが胸に手を当てて礼をする。セラフィナも安堵して、お辞儀をした。

魔法があるのは確かなので、セラフィナが実際に帝位を継承するかどうかはともかく、養子になれる条件はクリアしたのだ。

だが、話はこれで終わりではなかった。

ふたりが椅子に腰を下ろすと、革の冊子をめくったアレクセイは「では——」と言葉を紡いだ。

「セラフィナさまに魔法が認められましたので、帝位を継承する資格があるとします。陛下の養子として迎えるにあたり、もうひとつの事項に同意していただく必要がございます」

「なんでしょう?」

もうひとつ条件のようなものがあるらしい。

帝国を愛するだとか、そういうことだろうか。それならばセラフィナの心はすでに決まっている。生涯をアールクヴィスト皇国に捧げ、この国に骨を埋める覚悟だ。

息を呑んで答えを待つセラフィナに、アレクセイは淡々と述べた。

「帝位継承者となる者が懐妊するまで、女帝及びその皇配《こうはい》の地位は認められません」

「……え?」

懐妊という言葉に、セラフィナは呆然《ぼうぜん》とした。つまり妊娠しなければ帝位には就けないということなのか。しかし、ヴィクトーリヤは結婚しているが、子どもはいない。

どういうことなのかと戸惑っていると、アレクセイが仔細《しさい》を説明した。

「本来は継承権を持っている人物の国外流出を防ぐために、帝位継承権を持った子どもを身ごもった上で帝位を継ぐというのが慣例でした。魔法の才は引き継がれることが多いですから。ただあくまでも慣習ですので、絶対条件ではありません」

双眸を細めたヴィクトーリヤが、話を受け継ぐ。

「そう。その絶対条件ではないという、ゆるい慣習が仇《あだ》となったのよ」

溜息をついた女帝は肘掛けにもたれ、優美な所作で額に指先を当てた。

「わたしが女帝の地位を得たのは、二十八歳のときでした。結婚をしたのは三十五歳。結婚時の皇配の年齢は四十二歳。わたしは初夜に皇配からこう言われたわ。『もうへとへとです、陛下』とね。子どもを授かるには遅すぎたわ。しかも、わたし以外に魔法を持つ皇族がいなかった。安定した皇位継承のために、事前に結婚と出産をこなしておくのが肝要と考えたのよ」

女帝はセラフィナを見つめながら、「懐妊しても必ずしも跡継ぎができたとはならないけれど、それを承知の上で、皇配候補との間に第一子をもうけていることを後継者の条件とするわ」と宣言した。

ヴィクトーリヤは実子を持てなかったため、帝位を継承する跡継ぎがおらず、セラフィナが見つかるまでは次世代の帝位が危ぶまれると考えたのだろう。

そのためセラフィナが帝位に就くには、すでに子どもを身ごもり、跡継ぎのいる状態にする慣習を徹底させるべきと強く思ったのだ。

納得いくものであるが、セラフィナは未《いま》だに処女なのである。幽閉されていた期間が長かったため、誰とも交際すらしたことがない。しかも前世での恋愛経験もゼロだ。それなのに突然、懐妊しなければ女帝になれないと伝えられても困惑するしかなかった。

「結婚と出産ですか……」

戸惑うセラフィナに、女帝は慇懃に座しているオスカリウスを指し示した。

「もちろん、結婚と出産をこなすには相手が必要ね。——オスカリウスはわたしの甥《おい》の中でも、もっとも機知に富み、性欲のある男よ。二十八歳だし、若いわ。彼を皇配候補として励みなさい」

かぁっと、セラフィナの頬が朱に染まる。

性欲があるだとか、励むとか、直截《ちょくせつ》な言葉に戸惑いを隠せない。

オスカリウスは苦笑した。

「誤解を招きかねない台詞はご勘弁ください、陛下。性欲があるなどと言ったら、まるで俺が女性をもてあそんでいる男のように聞こえるではありませんか。ただ閨房《けいぼう》の試験に合格しただけですよ」

「そうね。確かにあなたは、厳しいジュペリエ指導官の行った試験に満点で合格したわ。だからこそ皇配候補に選んだのよ」

胸に手を当てたオスカリウスは、女帝に深く頭を下げた。

オスカリウスがセラフィナの皇配候補として、女帝から指名されたのだ。どうやら、彼とは婚約者のような関係らしい。

ということはオスカリウスにとっても、皇配の地位に就くためには、セラフィナが懐妊することが必須条件となる。

だから彼は初めに「未来の夫」「我々の将来の運命が決まる」などと語ったのだ。

セラフィナには、愛情もないのに義務的に男女の営みを行うなんて、できそうもなかった。

想像するだけでも戸惑ってしまい、ぎこちなく座った状態で身じろぎをする。

だけど、女帝の意向を無視して帝位に就きたいと主張するのは、ヴィクトーリヤの気持ちも帝国の将来も考えていない浅はかなものだ。

それにセラフィナは懐妊したくないわけではない。セラフィナだって、前世で叶えられなかった恋や結婚、そして出産を経験してみたいという思いはある。

その相手が、月城リオンを思わせるオスカリウスだというのが複雑ではある。月城は優しかったけれど、オスカリウスは彼に面差しが似ているのに友好的ではない。

だけど、たとえオスカリウスが本当に冷酷であっても、皇配の地位に就こうという気概があるのならば、セラフィナとともに同じ方向へ歩んでいけるはず。

彼と、同じ未来へ向かってみよう。

決意したセラフィナは、まっすぐにヴィクトーリヤに向き合った。

「帝位を継承する事項に同意いたします。アールクヴィスト皇国の未来のために、オスカリウス・レシェートニコフ大公と力を合わせ、跡継ぎを身ごもれるよう努力いたします」

セラフィナの宣言を聞いた女帝は、愛《いと》しい者を見るように双眸を細めた。

「期待しているわ。それでは、セラフィナ。あなたをわたしの養子にします」

「ありがとうございます！」

女帝ヴィクトーリヤは、セラフィナを養子に迎えることを決めた。

この瞬間、セラフィナはアールクヴィスト皇国の皇女となることが約束された。すなわち、未来の女帝である。

椅子から立ち上がったヴィクトーリヤはドレスの裾を翻し、部屋を退出する。宰相のアレクセイも、そのあとに続いた。

去り際、女帝はオスカリウスに命じる。

「オスカリウス。セラフィナを薔薇《ばら》園に連れていってあげなさい」

「御意にございます」

オスカリウスとセラフィナは深々と礼をして見送る。

尻尾を翻して女帝のあとを追ったルカが、つと足を止めてこちらを見る。

「クゥン」

「あ……ルカ。あなたはもしかして……あのときの子犬なの？」

セラフィナは動物と話せる能力がない。

だけどルカは得意気に鼻を鳴らした。

そこへ、女帝と入れ替わりにクロード夫人が入室してきた。ルカはさっと逃げ出す。

「聞きましたよ、セラフィナさま！　なんでも女帝が……」

「さて、セラフィナ。いろいろな話があったから、気持ちを整理する時間が必要だろう。陛下からのお言葉もあったことだし、少し庭を散歩しよう」

クロード夫人の姿を遮るようにジュストコールを翻したオスカリウスは、セラフィナに手を差し伸べる。

セラフィナは戸惑いながらその手を取った。

「ええ。気持ちを整理したいです」

「皇国の庭園では、冬でも薔薇が咲いているのだ」

女帝が命令したので、オスカリウスは渋々動いているのだろうと思い、セラフィナは気まずく感じる。

だがクロード夫人の小言から逃れられるのは助かった。

オスカリウスに導かれ、部屋を出ようとする。

そこへ、夫人が立ち塞がった。

「いけません！　セラフィナさまはお疲れです。わたくしから話をしなければなりませんわ」

「きみはセラフィナの侍女だね？」

「いかにも。クロード夫人です。お見知りおきを、レシェートニコフ大公」

「では、クロード夫人。さっそくだが、セラフィナの衣装や身の回りの品を整頓したまえ」

「……なんですって？　なぜ、わたくしがそんなことをしなければならないのです」

オスカリウスの命令に憤慨したクロード夫人は、目を吊り上げた。

一応はセラフィナの侍女ということになっているが、クロード夫人がセラフィナの面倒を見たことなど一度もない。彼女の心中も、あくまでも王妃の侍女頭という身分のままだろう。

オスカリウスは悠然として述べた。

「なぜならば、きみが皇国が用意した侍女を不要だと退出させたからだ。すなわち、クロード夫人が侍女としてすべての雑用をこなすということだろう？　さすが、イザベル王妃の幼少から仕えてきた侍女は心構えが一味違う」

王妃付きの侍女であることを承知だと匂わせられ、クロード夫人は唇をゆがめて目を逸《そ》らした。

夫人を沈黙させたオスカリウスはセラフィナを堂々と連れ出した。彼に他意はないようで、悠々としている。

壮麗な宮殿の廊下を通り、出入口から屋外へ出る。

綺麗に刈り込まれたコニファーの生垣がそびえる小道を、手をつないだふたりは、ゆったりと散策した。

美しい緑色をしたコニファーに、セラフィナの目が奪われる。

祖国ではこのように整然と刈り込まれた樹木は存在しなかった。父と義母は庭園を美しく保つことには興味がないので、王宮の庭は草木ひとつ植えられていなかったのである。

目を輝かせて生垣を見ているセラフィナに、オスカリウスは訊《たず》ねる。

「セラフィナは草木が好きなのか？」

「えっ……ええ、とても美しいと思って。バランディン王国の王宮には、この種類の樹木はなかったのです」

「祖国のことは、もう忘れたほうがいい。きみはすでに女帝の養子になった。つまり、アールクヴィスト皇国の帝位継承者だ」

「そうですね」

セラフィナとしては祖国を懐かしむ気持ちなんてないのだが、そう思われるような言動は慎まなければならない。今後は皇国の人間として自覚を持って行動しなくては。

冷徹な双眸を前方に向けたオスカリウスは、続けてセラフィナを諫《いさ》める。

「帝位継承者という身分だからといって、浮かれないほうがいい。あくまでも候補のひとりだということだ」

「え？　帝位継承者はほかにもいるんですか？」

「今のところはきみだけだが、今後はわからない。女帝はセラフィナに帝位を譲るなどとひとことも言っていない。ほかに条件を満たす者がいれば、帝位継承者の身分を手に入れることは充分にありえる」

帝位を継承する条件は魔法を持っていることだが、それは主に皇族の女性に顕現する。

母のクリスチーナには魔法がなかったので帝位継承者にならず、バランディン王国に嫁いだわけだが、セラフィナのように皇国の血を引く子孫が魔法を持っていたという例は、まああるのかもしれない。

「そうなのですね……。私が身ごもらなかった場合にも帝位を継承できないようなので、そのときのためにもほかの候補が必要となりますよね」

セラフィナの魔法は女帝を納得させられるものではなかったのに、さらに懐妊もできないとなれば、とても帝位を継げないだろう。

養子にはなれたものの、後継者として認められるにはいくつものハードルが待ちかまえている。

「そうだ。宰相はほかに魔法を持つ皇国の子孫がいないか調査を続けているはずだ。だからこそ我々が女帝と皇配という地位に就くためには、一刻も早く懐妊することが大切なのだ」

「そ、そう言われても……」

「困るだろうな。俺も困惑している。きみの顔を見たこともないのに、皇配候補に指名されて、懐妊を条件にされるのだから。アールクヴィスト皇国の未来のためとはいえ、何度も断ろうかと考えたよ」

「……そうですか」

オスカリウスは条件を呑んでいるが、懐疑的に考えているようだ。

今日初めて会った好きでもないふたりが子作りに励むなんて、無茶なことだろう。

それに帝位継承権を持つ人間がほかにも現れたとしたら、オスカリウスがそちらの女性に気持ちを持っていかれるとはならないのだろうか。

そうなったら、とても悲しい。

だけど彼は「我々が」と言ってくれた。

この人はあくまで私の婚約者でいてくれるのかしら……。

ほんの少しの希望が胸に湧くものの、この冷えた雰囲気では、セラフィナを受け入れられないと思ったら、彼は皇配候補を辞退することもあるかもしれない。

会話のなくなったふたりは無言で生垣が並び立つ小道を歩く。

道を通り抜けると、広い庭園に辿り着いた。

「ここが薔薇園だ」

はっとして顔を上げたセラフィナの体を、冷涼な風が吹き抜ける。

「なんて綺麗なの……！」

精緻に整えられた庭園の中央にガゼボがあり、そこを中心として薔薇が咲き誇っている。真紅の薔薇に細やかな白い雪が積もった光景は、まるで天上の世界のように幻想的な美しさだった。

「冬に薔薇が咲いているなんて不思議ですね」

「この薔薇は冬に咲くように品種改良された種類なのだ。なんでも、当時の女帝に恋をした庭師が、彼女を喜ばせようとして作ったという逸話がある。本当かどうかは知らないけれどね」

ふたりは赤い薔薇に彩られたアーチをくぐり、薔薇園に足を踏み入れた。

大輪の真紅の薔薇が雪の化粧を施しているようで、とても華麗だ。

「素敵な話ですね。本当だったらいいわ」

「さあね……。この薔薇は『女帝』という名だ。だからそんな逸話が生まれたのかもしれない」

庭師が身分違いの恋をしたという悲しい話かもしれないが、とてもロマンチックだ。

オスカリウスは興味がないようだけれど、素敵な逸話を聞いたセラフィナは笑みを浮かべて、彼とともに薔薇園を巡る。

つと、オスカリウスは口を開いた。

「セラフィナは薔薇が好きなのか？」

「ええ、好きです。とても綺麗ですよね」

「では、好きな色は何色だろうか？」

「どうしてそんなことを聞くの？」

オスカリウスは肩を竦《すく》める。質問にすぐに答えないセラフィナに、彼は呆れたのかもしれない。

婚約者のはずなのに、どうにもうまくいかないが、オスカリウスはつないだ手を離そうとはしなかった。寄り添っているため、ふたりの肩は触れ合うほどに近い。

「きみのことを知らなければならない。皇配候補としての務めだ」

つまり義務ということだろう。

彼としてはセラフィナを愛しているわけではないが、女帝から皇配候補として指名されたからには、最低限の礼儀を払うということなのだろう。

なんだか寂しい気もするけれど、「好きな色は何色か」という質問には答えよう。

セラフィナはこれまでに見たことのある色を脳裏に思い浮かべたが、幽閉されていた十年間に目にしたのは灰色の壁ばかりだった。

だけど、ふとオスカリウスの紺碧の双眸に目が引かれる。

「好きなのは……青かしら」

彼の澄み切った紺碧の瞳は、これまでに見たどんな色よりも美しかった。

それは胸元にある雪の結晶型の痣と、同じ色をしていた。

セラフィナは運命的なものを感じる。

「青か。なるほど……。ところで、きみの痣の色も、青なのだろうか」

「ええ、そうですね。紺碧に近い色です」

オスカリウスはまだセラフィナの胸の痣を見ていない。

気になっているようなので、見せてあげようと思ったセラフィナは、ドレスの首元を指先で押し下げようとした。

「こういう色ですけど……」

だがオスカリウスが素早く手を掲げ、それを遮る。

「今すぐに見せてくれとは言っていない。淑女が屋外で肌をさらすなど、してはいけない」

「……すみませんでした」

オスカリウスは気まずげに咳払《せきばら》いを零《こぼ》す。

ふたりは薔薇園を散策して、砂糖菓子のような雪化粧を施した薔薇を眺めた。

薔薇を眺めつつも、オスカリウスの端麗な横顔をうかがう。

やっぱり、月城さんに似ているかも……。

顔の造作だけではないのだが、本人から滲み出る気品や佇まいからそう思えるのだ。

じっと見ていると、ふいに彼がこちらを向いたので、どきりとする。

「きみに贈り物をするので、受け取ってもらえるだろうか」

贈り物をしてもらえるのはありがたいけれど、義務なので仕方なくという気持ちで贈られても嬉《うれ》しくない。

「私はなにもいりません」

「慎《つつ》ましいのだね。だが贈り物といっても仰々しいものではない。メッセージを記したカードはどうだろうか」

「それなら……いただきます」

カードなら、手紙と同じで遠慮せずに受け取れる。

真紅の薔薇を背にしたオスカリウスは、淡々と言った。

「それから、俺には敬語でなくてよい。きみが敬語で話すと、気を許していないと他者に思われてしまう」

「わかりまし――わかったわ。敬語をなくすわね。でもそれも、皇配候補としての義務なのかしら？」

オスカリウスは美麗な眉をひそめた。

「セラフィナが女帝になれなければ、俺もまた皇配になれない。俺たちは運命共同体だ。それを忘れないでくれたまえ」

冷たく言い放つと、彼はセラフィナの手を引いて薔薇園を出る。

今頃になって、セラフィナはあかぎれだらけの手を握られていたことが恥ずかしくなった。オスカリウスもきっとそれに気づいているだろう。

彼の態度は婚約者として親睦《しんぼく》を深めるというよりは、作戦の確認のようだ。

この調子では、懐妊なんて夢のまた夢では……とセラフィナは気が重くなる。

だけどオスカリウスは、クロード夫人のようにセラフィナを見下す態度を取らなかった。彼は紳士としての礼節は保った。

それに冷たいながらも、彼はセラフィナとの仲を進展させようとしている。あくまでも『運命共同体』という関係ではあるけれど。

これから恋が始まるかもしれないというわずかな期待を持つことにしよう。

オスカリウスは一貫して紳士的な態度で散策を終えると、セラフィナを部屋まで送り届けてくれた。

「ありがとう、オスカリウス。とても楽しい時間を過ごせたわ」

「どういたしまして。また誘ってもいいだろうか」

「皇配候補の義務として？」

「そうだ」

堂々と言ったオスカリウスは泰然としている。

態度は冷たいのだが、夫人の攻撃からセラフィナを庇ってくれたりするので、冷たいのか優しいのか、よくわからない人だ。

微苦笑を零したセラフィナだが、断ろうとは思わなかった。

「ええ、ぜひ」

「では、また」

短い挨拶を残して去っていくオスカリウスの背を、セラフィナは見つめた。

彼の姿が廊下の角を曲がり、見えなくなる。なんだか名残惜しいような気持ちになった。

ふとセラフィナは自分の格好を見下ろす。

今はドレスに着替えているけれど、祖国から着てきたみすぼらしいワンピースを、彼はなにも指摘しなかった。

オスカリウスは、セラフィナになんらかの事情があると配慮してくれたのだ。

女帝と同じく、大公のオスカリウスは人の服装ですべてを判断しないのだとわかり、信頼ができそうだった。

セラフィナがアールクヴィスト皇国を訪れて、一週間が経過した。

着古した服しか持っていなかったセラフィナのために、女帝が数々のドレスを贈ってくれた。宛てがわれた部屋のクローゼットは清楚なドレスでいっぱいになった。

これからは正式な皇女であることを承認するための謁見の儀式が控えている。

その儀式のためのドレスを、トルソーに飾っていた。

アイスグリーンのドレスは初々しい皇女を表すかのような爽やかさを醸し出している。リボンなどの装飾はほとんどなく、気品が滲んでいた。

「あと数日で儀式なのね……」

感嘆の息を吐いてドレスを見つめる。

セラフィナは贈られたドレスのひとつをまとっていた。クリームイエローの簡素なドレスだが、新品なので光り輝くような光沢がある。しかも新しいドレスは生地が良質なので、肌に擦れて痛んだりしないのだ。着心地がよいことが、なによりセラフィナには嬉しかった。

ドレスから目線を外し、小さなテーブルに飾られた花瓶の薔薇を眺める。

真紅の薔薇は極上の美しさを誇っていた。

両手に抱えきれないほどのたくさんの薔薇は、オスカリウスからの贈り物である。

しかもすべての薔薇の茎には棘《とげ》がなかった。セラフィナが誤って怪我《けが》をしないために、そぎ落としてくれたのだ。

プレゼントは婚約者としての義務かもしれないけれど、彼の思いやりを感じる。

この薔薇を見るたびに、オスカリウスの精悍《せいかん》な顔立ちを思い出した。

「何色が好きかと聞いたのは、贈る薔薇の色のことだったのね」

彼の気遣いを察しなかった自分の配慮のなさに、セラフィナは微苦笑を浮かべた。

けれど心は浮き立ってしまう。

薔薇に添えられて贈られたカードには、流麗な文字でこう綴られていた。

『可憐なセラフィナに、初めての贈り物を捧げる』

なんの変哲もないひとことかもしれないが、オスカリウスの華麗な美貌とは対照的に、木訥《ぼくとつ》で誠実な人柄がうかがえる。

セラフィナは純白のカードを何度も開いては、そこに書かれたオスカリウスの文字を眺めた。

そのとき、雑な足音が鳴り響くのを耳にして、咄嗟にカードを胸元に隠す。

「まあまあ、セラフィナさま。また、ぼんやりして！　儀式のマナーは習得したんですか⁉」

不必要に声を張り上げるクロード夫人は怒っていた。

セラフィナが皇女として認められたばかりか、女帝からドレスまで贈られたからである。ことごとく思惑どおりにいかないので、日を追うごとにクロード夫人の苛々は募っていた。

着替えを手伝うと言って、腕や腿《もも》を抓《つね》られるのは毎日のことだ。それにセラフィナに提供された食事をわざとひっくり返し、三度の食事を与えないということも行っている。

不審に思った料理長が挨拶に訪れて、自ら作成した食事をセラフィナに提供してくれた。そのときは料理長がセラフィリの食べる姿を見守ってくれたので、手出しができないクロード夫人は歯噛《はが》みしていた。

皇族には本来、複数の侍女や侍従が付き従い、身の回りの世話をするものなのだが、クロード夫人は皇国側の侍女をすべて断り、セラフィナを人に会わせないようにしている。

それはクロード夫人がセラフィナをいじめていることを、皇国に悟られないようにするためだ。

料理長との一件のおかげで、どうにか食事は日に一度は取れているものの、このままでは大きな事件につながってしまいそうで、セラフィナは心配していた。

「家庭教師を待っているところだったの。これから授業が始まるのよ」

マナーを習得する授業は覚えることが多くて大変だったが、セラフィナは空腹と貧血にふらつきながらも懸命にこなした。

皇国へ来てからもクロード夫人の策略により、あまり食事を取れていないが、祖国にいたときよりは量も種類も多いので、どうにか体力を維持できている。

「のんびりしていてはいけません！　さっさと行きなさい」

クロード夫人は追い立てるように、セラフィナを部屋から出した。

仕方ないのでセラフィナは授業の行われる講義室へ向かう。

廊下で偶然会った家庭教師がセラフィナを見つけ、驚いて駆け寄ってくる。

老齢の家庭教師は皇族にマナーを教授できるベテランの女性だ。

「セラフィナさま！　おひとりなのですか？　侍女はどうしました」

「ひとりになりたいと私から言ったのよ。先生、授業をお願いします」

宮殿の中とはいえ、皇族がひとりきりで歩くなど通常は考えにくいものである。だが、本人からひとりになりたいと告げたのなら別だ。

家庭教師は頷きつつも、どこか納得がいかないようで、小首をかしげた。

「おひとりになりたいということは……なにか考え事でもあるのですか？」

「いえ、そういうわけではないの」

「……わかりました」

家庭教師に限らず、セラフィナの言動が一致していないので、皇国側の人間は不審に思っている。

それもクロード夫人からの虐待を隠しているためだった。セラフィナの本音としては皇国の侍女をつけてほしいのだが、クロード夫人がいる限り無理だと思えた。

夫人を庇っているわけではないのだが、虐待を受けていることを皇国に訴えると、さらに夫人の怒りを買ってしまう。彼女の背後には王妃がいるので、バランディン王国と皇国の関係性も考えねばならず、単純に真実を明かせば解決するわけではなかった。

とにかく今は穏便に事を済ませるしかない。せめて、皇女承認の儀式までは。

家庭教師はセラフィナを見下したりせず、礼節を保って丁寧に授業を行ってくれたので、やりがいがあった。

やがて授業の時間を終え、セラフィナは儀式でのマナーを習得した。

儀式といっても、宮殿で女帝に拝謁するのみの短い時間でのことだ。ただ、儀式が行われる場所は女帝が勅令を下したり、使者を迎える謁見の間なので、そこには皇族や高位の貴族が集まる。もしセラフィナが無礼を働くようなことがあったら、女帝はおろか、彼らからも受け入れられないだろう。

クロード夫人の存在が心配の種ではあるが、しきたりにより侍女がその場にいることはない。さすがに夫人といえども、しきたりを押し切って儀式に参加し、セラフィナの邪魔をするようなことはないはずだ。

セラフィナが正式な皇女として承認を得るのは、ほぼ確実であるといえた。

安堵していたセラフィナだが、自室に戻ってきて異変に気づく。

「えっ……⁉」

ドアを開けると、床にドレスが散乱していた。

しかもどれもが滅茶苦茶《めちゃくちゃ》に引き裂かれ、着られない状態にしてある。

「どうしてこんな……！」

それだけではない。花瓶が倒されて、活けられていた薔薇と花瓶の水がドレスにぶちまけられていた。

クローゼットは空だった。

女帝から贈られたすべてのドレスが、クローゼットから引き出され、無残な姿にされたのだ。

「儀式用のドレスは……」

トルソーに目を向けると、儀式用として飾っていたアイスグリーンのドレスがない。

先ほどまで、確かにあったはずなのに。

ぐちゃぐちゃに床に打ち捨てられていたドレスのひとつひとつを拾い上げてみると、アイスグリーンのドレスは見つかった。

ただし、細かく千切られた形に変貌しており、縫い合わせたとしても、とても着ることはできない。

「どうしよう……儀式は数日後なのに……」

クロード夫人は部屋にいなかった。

もしかして……と、セラフィナの脳裏にひとつの可能性がよぎる。

この凶行はクロード夫人の仕業ではないか。

皇国側の侍女はセラフィナの部屋に出入りしない。となると、この部屋を自由に入室できるのは夫人しかいない。それに彼女は、マナー講義へ早く行くようにとセラフィナを追い立てた。もしかすると、この凶行を行うためだったのではないか。

クロード夫人がこの部屋で黙々とドレスを切り裂いたのかと思うと、彼女のゆがんだ執念に、ぞっと背筋が震えた。

だが、証拠はない。

泥棒が入ったと訴えて騒ぎになったら、汚点のついている皇女とみなされるかもしれない。儀式の前だから穏便に済ませようと日々を我慢していたのに、こんなことになるなんて、セラフィナのショックは大きかった。

「陛下の耳に入ったら、心配されるわね……。人を呼んで犯人を捜すのは、やめておくべきだわ」

一番の問題は儀式用のドレスがなくなってしまったことだ。

なんとかしないと、皇女の承認にかかわってしまう。

しかも事を公にしないと決めたからには、代わりのドレスを用意してもらうよう皇国側に頼むわけにもいかない。

無傷のドレスはないかと探していると、クロード夫人が部屋に入ってきた。

ノックもせず、彼女は部屋のありさまを目にしても平然としている。

「まあまあ、セラフィナさま。どうしてこんなことをなさるのですか？」

「私ではないわ。講義から戻ってきたら、この状態だったのよ。クロード夫人は私がいない間、この部屋にいたのよね？」

「わたくしは存じません。王妃さまが信頼する高位女官であるわたくしが、どうしてこのような野蛮な行為をするのですか」

部屋にいたかどうかを訊ねただけなのだが、夫人は真っ先に犯行を否定した。

おそらく、後ろめたいことがあるからこそだと思われる。

彼女は王妃へ手柄を報告するために、このような凶行に及んだのだろう。王妃への報告書を血走った目で書いているクロード夫人を、セラフィナは目撃している。報告書の内容は見ていないが、セラフィナがいかに不遇な目に遭っているかを綴って王妃を納得させるのが夫人の仕事だ。

それなのに皇国へ来た途端、セラフィナが優遇されるので、夫人としては報告する内容に困る。

だからドレスを引き裂いて儀式が中止になれば、揚々として報告できて夫人の懐も潤うというわけだ。

ここで追及しても、クロード夫人は認めようとしないだろう。

だが彼女には言っておかねばならないことがある。

「もし私が儀式で皇女と認められなかったら、バランディン王国が損害を被るかもしれないのよ。銀鉱山の譲渡は、私を養子に迎えることが条件だったはず。王国のためにも、私にいつまでも執着しないでと、王妃に言っておいてちょうだい」

王妃だって銀鉱山を失うのは痛手のはずだ。セラフィナの邪魔ばかりしていたら、いずれアールクヴィスト皇国と不仲になってしまう未来が訪れる。

だがクロード夫人は傲岸に言い放つ。

「王妃さまは偉大なレシアト国の姫君なのですよ。セラフィナさまは王妃さまへの敬意が足りません！」

イザベル王妃が幼少の頃から仕えている夫人は、今なおイザベルをお姫様扱いして、神聖視しているのだ。彼女を説得するのは時間の無駄だった。

それよりも替えのドレスを用意することをセラフィナは優先させた。

「ほかにドレスはあるかしら？　このままでは儀式に参加できないわ」

「あらあら、困りましたねえ。セラフィナさまが大切にしていたドレスはわたくしが捨ててしまいましたし。下着姿で参加したらよろしいのじゃありませんか？」

クロード夫人は楽しそうにセラフィナが傷つくことを述べた。

祖国から着てきたドレスは大切にしていたわけではなかったが、それもクロード夫人が勝手に捨ててしまった。

ふと、セラフィナは身にまとっているクリームイエローのドレスを見下ろした。

ドレスはすべてなくなったわけではない。今、着ているドレスがあるではないか。

このドレスで儀式に参加してもよいだろうか。簡素なドレスなので、儀式用ではないのだが仕方ない。せめて一着だけでも残っていてよかった。

ほっとしたセラフィナは胸に手を当てる。

すると、クロード夫人は顔をゆがめ、唐突に命じてきた。

「ドレスを脱ぎなさい」

「えっ……」

クロード夫人は無理やりセラフィナのまとっているドレスを引っ張り、剥《は》がそうとした。

まさか、このドレスまで奪おうというのか。

セラフィナが必死に抵抗しようとした、そのとき。

コンコンとドアがノックされる。

「失礼いたします。セラフィナさま、よろしいでしょうか？」

若い女性の声だ。おそらく、皇国の侍女である。

ぴたりと動きを止めたクロード夫人は舌打ちをして命じた。

「お入りなさい」

セラフィナから手を離したクロード夫人は何食わぬ顔をする。

ドアを開けた侍女は戸口で一礼し、入室した。

ドアの外まで今の会話が漏れ聞こえていたのではないかと案じたが、侍女は平然としている。

しかも室内は切り裂かれたドレスが散乱し、花瓶が倒れているのだ。なにかあったと訝って当然だろうが、侍女は惨状が目に入っているはずなのに顔色ひとつ変えない。

「お客さまがお見えです。別室へ来てほしいとのことですので、ご案内いたします」

「そ、そうなの。では、行きましょう」

客人とは誰なのか心当たりがないが、クロード夫人から逃れる用事ができたのは幸いだ。

ところが夫人は目を吊り上げて、侍女を睨みつけた。

「お待ちなさい！　勝手な真似は許しません。セラフィナさまはご病気がちなのですからね」

クロード夫人を横目に見た侍女は、唇に弧を描いた。

「まるでクロード夫人が主人のようですね。あなたはセラフィナさまの侍女ですから、主人の命令に従う立場ではありませんか？」

「なにを生意気な！　この小娘が！」

若い侍女に諭されて、かっとなったクロード夫人は手を振り上げた。

いけない。頬を叩くつもりだ。

セラフィナが止めようとした、そのとき。俊敏な動きで腕を伸ばした侍女は、クロード夫人の手首を握りしめた。夫人は苦悶《くもん》の声を響かせる。

「ひぎぃっ！」

「あら、ごめんなさい。うふふ」

微笑んだ彼女は手を離した。するとクロード夫人は握られていた手首をもう片方の手で押さえて、呻《うめ》いている。細身の侍女だが、意外にも握力が強いようだ。

「この！　名前を言いなさい」

「わたしの名はマイヤです。よろしくお見知りおきを。侍女のクロード夫人」

マイヤはボブカットの黒髪を、さらりと揺らして笑みを見せる。

侍女にしては随分と余裕のある言動だが、いったい彼女は何者だろうか。

怒ったクロード夫人は、マイヤを指差した。

「セラフィナさま、この娘です。わたくしが部屋から出たあと、この侍女がドレスを切り裂いたのです。今すぐに鞭打って辞職させますからね！」

「えっ……でも……」

まるで取って付けたかのような言い分だ。もし本当にマイヤの仕業なのだとしたら、彼女が部屋に入ってきたときにクロード夫人からなんらかの証言があってよいはずである。

犯人扱いされたマイヤは動揺することなく、口端を引き上げた。

「あらら。わたしのせいにするには、情報が後出しすぎませんこと？　わたし、知ってるんですよね。セラフィナさまが講義室へ向かったあと、この部屋から聞こえた物音をね」

ぎくりとしたクロード夫人は、マイヤの顔へ向けた指を下ろした。

夫人は動揺したように、視線をうろうろとさまよわせる。

「な、なにを……証拠でもあるんですか？」

「では侍女のクロード夫人に聞きますけど、わたしが犯人だという証拠は、あるんですか？」

クロード夫人は黙り込んだ。

完全にマイヤに、やり込められたのだ。

夫人からの反論がないので、マイヤは悠々とした笑みを浮かべてセラフィナのそばにやってくる。

「それでは、わたしはセラフィナさまをご案内しますので。侍女のクロード夫人は、陰湿な何者かが荒らしたこの部屋を片付けておいてください。わたしがいつでも陛下に報告できる信頼の置かれた侍女であることを、忘れないでくださいな」

歯噛みしたクロード夫人は、床を踏み鳴らした。

セラフィナはマイヤとともに部屋を出る。

マイヤの案内で廊下を歩みながら、セラフィナは謝罪した。

「ごめんなさい、マイヤ。クロード夫人は誤解しているのよ。私はあなたが犯人だなんて思っていないから、辞職に追い込むようなことにはならないわ。安心してちょうだい」

夫人へ向けた先ほどの不遜な笑みとはうって変わり、マイヤは表情を引きしめた。

「セラフィナさま。わたしは、あなたさまの味方です。今は詳しいことは申し上げられませんが、セラフィナさまの御身に害が及ぶことはわたしが防ぎますので、ご安心ください」

「……あなたは、いったい……？」

もしかしてマイヤは、クロード夫人がセラフィナになにをしているのか、すべて承知なのだろうか。

セラフィナの疑問に、彼女は薄い笑みを見せただけで答えは返さなかった。

ややあって、宮殿の一室へ辿り着く。

「お待たせいたしました。セラフィナさまを、お連れしました」

ドアを開けてマイヤが頭を下げる。

すると、室内に待機していた複数のお針子と仕立屋風の男性が礼をした。

彼らのそばには、トルソーに飾られたいくつものドレスが燦然《さんぜん》と輝いている。すべて新品のドレスのようで、服飾店から持ってきたものらしい。

「これは……こんなにたくさんのドレスがどうして……。あなたがたが、私を呼んだ客人なの？」

そこへ、ジュストコールを颯爽《さっそう》と翻したオスカリウスが姿を現す。

煌めく銀髪と紺碧の双眸は、冷たい月のごとく怜悧《れいり》さを帯びている。

「セラフィナを呼び出したのは、俺だ。急遽《きゅうきょ》、こちらの準備を行ったので忙しくてね。

マイヤを遣わせて申し訳ない」

「いいえ。呼び出してくれて助かったわ」

「助かったとは？　なにかあったのか」

「……なんでもないの。それで、このドレスはどうしたのかしら？」

オスカリウスは、ちらとマイヤに目を向ける。

鋭い目つきをしたマイヤは、すっと礼をした。ふたりがなんらかのコンタクトを取ったように見える。

軽く手を上げたオスカリウスはトルソーに向き直った。

煌びやかなドレスの脇で、仕立屋とお針子たちは慇懃に頭を下げている。

オスカリウスは紳士的にセラフィナの腰を取り、数々のトルソーに飾られたドレスの前に導く。

「きみに贈り物をしたい。これらのドレスを受け取ってほしい」

セラフィナは驚いた。

なんという偶然だろう。

ドレスをすべて失った直後に、新品のドレスを贈ってもらえるなんて。

これらのドレスがあれば、儀式に参加できる。トルソーがまとっているドレスの中には、儀式用に用意していたものとよく似たアイスグリーンのドレスがあった。

「薔薇とカードもいただいたのに……いいのかしら」

「もちろんだ。いらないと言われたけれど、やっぱり贈りたかった。もうすぐ儀式があるから、ドレスが必要になるのではないかと思ってね。ただ急だったので、宮廷専属の仕立屋にそろえさせるので精一杯だった」

「えっ……どうして、ドレスが必要になることがわかったの？」

儀式用のドレスなど行事にまつわるものは宮廷で準備するので、婚約者が用意する義務はない。

それなのにオスカリウスはまるで、今回の一件を察知していたかのような台詞を言うので驚いた。

彼は真面目な顔をして言う。

「それについては、のちほど。ドレスを用意したのは、あくまでも義務だ」

セラフィナは微笑んだ。

なんだかオスカリウスが、わざと決め台詞として『義務』という言葉を使っているような気がしたから。

冷たい人かとも思うけれど、意外な彼の可愛《かわい》らしさを垣間《かいま》見《み》て嬉しくなってしまう。

セラフィナの笑みを目にしたオスカリウスは、銀色の長い睫毛を瞬かせる。

「どうかしたかな」

「ううん。オスカリウスって、可愛いところもあるんだなと思って」

「可愛い……。そういった評価は初めて受けたな」

「あっ、ごめんなさい。決して馬鹿にしたわけではないの」

視線を逸らしたオスカリウスの顔がほのかに赤くなっている。

いっそう可愛らしく思えてしまい、セラフィナは笑みを濃くする。

咳払いを零した彼は、瞬きを繰り返しながらてのひらで顔の半分を覆った。

「わかっている。とにかく、採寸をしたまえ。こちらに用意させたドレスだけではなく、オーダーメイドのドレスも贈ろう。きみの好きな青色はどうだろうか」

「ありがとう。とても嬉しいわ」

「礼には及ばない。皇配候補としての義務だからな」

「そうね。義務よね」

「うむ」

オスカリウスは形のよい唇に弧を描いた。

オスカリウスはドレスのないセラフィナの危機を救ってくれた。彼がドレスをプレゼントしてくれなかったら、儀式に参加できなかったかもしれない。

その上、セラフィナの好きな青色のオーダーメイドドレスを贈りたいと申し出てくれるなんて、素晴らしい幸福だ。

皇配候補の義務だからというのが彼の本心としても、もしくは照れ隠しだとしても、セラフィナはオスカリウスの心遣いに感謝した。

セラフィナが台の上に立つと、囲んだお針子が体のサイズをメジャーで測る。

それから、どのようなドレスの形がよいか仕立屋と相談する。

オスカリウスは椅子に座って見守っていたが、身を屈めたマイヤが何事かを報告していた。彼女の話を聞いたオスカリウスは眉を寄せている。

やがて採寸とオーダーを終えたので、仕立屋とお針子たちは退出した。

マイヤが控えていた侍女を呼び、トルソーに飾られたドレスを別室に運ぶよう指示している。

「こちらのドレスは一旦、衣装室でお預かりしますね。まずはセラフィナさまのお部屋を片付けさせていただきます」

「そ、そうね」

マイヤの提案に、どきりとする。

セラフィナの部屋は切り裂かれたドレスが散乱したままなのだ。クロード夫人が片付けているなどということはありえないだろう。

だが、皇国側の侍女たちがセラフィナの部屋に介入することを、夫人は許さないはず。どうしたらよいのかと迷っている間に、トルソーはすべて運ばれていき、室内にはセラフィナとオスカリウス、そしてマイヤの三人が残った。

椅子から優美な所作で立ち上がったオスカリウスが、なにかを導くかのように手を掲げる。

彼の袖口を彩る金の刺繍《ししゅう》が、きらりと煌めく。

「マイヤから報告を受けたが、何者かがきみの所有物を故意に破損させたそうだね」

「あ、あの、それは……」

口ごもるセラフィナを、オスカリウスは紺碧の双眸でまっすぐに見つめる。

「犯人はクロード夫人ではないかと思うが、今回のことだけでなく、夫人の言動は目に余るものがある。夫人がイザベル王妃の女官という立場なのはこちらも承知しているが、きみには夫人を庇う理由があるのだろうか」

オスカリウスはすべてを把握している。

もはや誤魔化すのは意味がないと、セラフィナは悟った。

「……ありません。ただ、バランディン王国のことを考えたら、事を荒立てるのはよくないと思い、今まで黙っていたの」

「そうか。よく話してくれた。きみが祖国を想う気持ちはわかる。だが、きみ自身になにかあったら、それこそ国際問題に発展しかねない。俺はこの問題を放置しておくわけにはいかない」

泰然として言い切ったオスカリウスは踵を返した。

彼はつと振り向くと、セラフィナを促す。

「ついてきたまえ。俺がクロード夫人に直接話そう」

「え……」

クロード夫人を説得してくれるのだろうか。

彼女はセラフィナの部屋にいるか、もしくは隣の侍女の自室にいるはずだ。

大公であるオスカリウスには夫人といえども無礼な口を利かないと思うが、先ほどマイラに手を上げようとしたのを見ているので、穏便には済まない気がする。

だが止める暇もなく、オスカリウスは長い脚を繰り出して廊下へ出ていってしまった。

セラフィナは慌てて追いかける。そのあとをマイヤが足音を立てずに素早く追った。

回廊を通り抜けて、セラフィナの部屋へ戻ってきた。

部屋からはなんの物音もせず、静まり返っている。

オスカリウスが扉を開けると、室内の惨状が露わになった。

「これはひどい」

セラフィナが見たときと少しも変わらず、床には切り裂かれたドレスが放り出されており、足の踏み場もない。そこに薔薇の花と花瓶の水が撒《ま》かれているので、何者かが故意に荒らしたのは疑いようがなかった。

おそらくクロード夫人の言い分としては、病に侵されているセラフィナがやったことだとでも主張するのではないか。

だが、室内にクロード夫人の姿はない。

さっと視線を巡らせたマイヤが、「あちらに」と指し示す。

そこには、侍女の自室から出てきたクロード夫人がいた。彼女はフードをかぶってどこかへ出かけるところだ。

「クロード夫人。どこへ行く」

オスカリウスが鋼が通ったような声をかけると、夫人は手にしていた封書のようなものを、さっと後ろ手に隠した。

「なにか御用ですか？　どこへ行こうとわたくしの勝手です」

「手紙を出しに行くところなのだろう。誰へ宛てたものだ？　それはこちらで預かるので、渡したまえ」

オスカリウスがてのひらを差し出すが、ぎりっと歯噛みした夫人は動こうとしない。

「なぜ他国の皇族に命令されなければならないのです。わたくしは王妃さまの命令にしか従いません」

「きみの立場はセラフィナの侍女だ。それならば、セラフィナの命令に従いたまえ」

オスカリウスはセラフィナに向かって頷いた。

主として、セラフィナが夫人に命じるべきなのだ。

これまでは王妃の女官であるクロード夫人が、まるでセラフィナの主人のごとく振る舞っていた。それが当然のように思えて、いつの間にかセラフィナは抵抗できなくなっていた。

だが、そうではないと、オスカリウスは示してくれたのだ。

セラフィナは勇気を奮い立たせ、毅然として言った。

「クロード夫人。手紙を渡してちょうだい。ここはアールクヴィスト皇国なのよ。皇国側の指示に従うべきだわ」

その瞬間、夫人は身を翻して逃げ出した。

素早く動いたマイヤがクロード夫人の前に立ち塞がり、進路を阻む。

「逃がしませんよ」

「この小娘……おどきなさい！」

ふたりは揉み合いになる。

オスカリウスが手を上げると、衛兵が駆けつけてきた。鎧《よろい》をまとった複数の衛兵はクロード夫人を取り囲む。

「クロード夫人を連行しろ。セラフィナ王女の所有物を故意に破損させた容疑だ」

オスカリウスの命令を、衛兵は直ちに実行した。

連行されていくクロード夫人は、それでも手紙を握りしめていた。彼女は憎々しげにこちらを睨んでいる。

オスカリウスは夫人の怨嗟《えんさ》から守るように、腕を出してセラフィナを庇う。

衛兵とクロード夫人が去ると、安堵の息が零れた。これでひとまず夫人の監視から逃れられた。

セラフィナに向き直ったオスカリウスは険しい眼差しのままに言う。

「クロード夫人は審議にかけられる。女帝の裁決によって夫人の処遇が決まるが、今の反抗的な態度といい、もうきみの侍女を任せるわけにはいかない」

「……そうね。クロード夫人がそばにいたら、これからもっと悪いことが起こると思うわ」

これでよかったのだ。

オスカリウスが夫人を追及してくれなかったら、増長したクロード夫人が今度はセラフィナを、無残に切り裂かれたドレスのように傷つける悲劇が起こったかもしれない。

「この件は、きみの皇女承認に影響しない。俺からも陛下に掛け合おう」

「ありがとう。そうしてくれると助かるわ」

結果的に事が大きくなってしまったが、皇女承認についてはこれで不安が薄れた。両国の関係については、ヴィクトーリヤに配慮をしてもらえるよう、セラフィナから誠心誠意お願いしよう。

セラフィナの承諾を得ると、オスカリウスはマイヤに軽く手を上げて合図する。

そばに控えていたマイヤは慇懃な礼をした。

「今後はマイヤを専属の侍女にしたまえ。彼女は陛下も認めている信頼できる侍女だ」

「ええ。そうするわ。――よろしくね、マイヤ」

マイヤはセラフィナの窮地を救ってくれた。皇国側の信頼できる侍女が専属になってくれるのなら、今後は安心して過ごせるだろう。

「よろしくお願いします、セラフィナさま。わたしひとりでなく、必要なときはほかの侍女も掃除などをいたします。もちろんすべて宮廷が厳選した侍女たちです」

「そうなのね……。とても助かるわ」

セラフィナは心から安堵した。

クロード夫人しか侍女がいなかったセラフィナが不遇な目に遭っていたことに、マイヤは気づいているのだろう。侍女とふたりきりの閉鎖的な空間にはならないと、彼女は言っている。

「それでは、さっそくセラフィナさまのお部屋を掃除させていただきます」

お仕着せのスカートを摘まんで礼をしたマイヤは、セラフィナの部屋へ入る。

ほかの侍女たちも掃除のために入室し、無残な状態だった部屋はみるみるうちに片付けられていった。

掃除の様子を見ていたセラフィナを、オスカリウスは促す。

「では、我々は陛下に報告しに行こう。クロード夫人の一件を明らかにしなければならない」

「ええ、そうね」

オスカリウスに導かれ、セラフィナは女帝の執務室へ向かった。


後日、クロード夫人の審議が行われ、そこで夫人の悪行が次々と明らかになった。

夫人が必死に手にしていた手紙はイザベル王妃への報告書だった。手紙の中で、クロード夫人はセラフィナのドレスを切り裂いたことを誇らしげに綴り、ほかのセラフィナへの虐待についても克明に記していた。

それが動かぬ証拠となり、ドレスを破いた犯人がクロード夫人だと認められた。

夫人は王妃のためにやったことだと自らの正当性を主張するばかりで、反省の色はなかった。

さらに夫人からは窃盗が発覚した。近頃、宮殿内の宝飾品が紛失するという事件の犯人も夫人だったのである。女帝はクロード夫人の国外退去処分を命じた。

だが、衛兵に引きずられて馬車に乗り込むとき、夫人は怨嗟をつぶやいた。

「今に見ているがいいわ」

去っていく馬車をオスカリウスとともに見送ったセラフィナは、不穏なものを感じる。

これで落着したはずだが、イザベル王妃が納得するかどうか心配ではある。

馬車が見えなくなると、オスカリウスは嘆息を零す。

「気にすることはない。バランディン王国には陛下が書簡を送っている。クロード夫人には然《しか》るべき処分が言い渡されるだろう。彼女が皇国に入国することは二度とない」

「……そうね」

女帝には、バランディン王国の王女として、お恥ずかしい、申し訳ないということをセラフィナは伝えた。

今回の件での夫人の処遇を決めてもらったことには感謝しつつ、両国の関係悪化を望んでいないという旨も訴えた。それらをヴィクトーリヤは快く受け止めてくれた。

夫人が帰国しても、おそらくはイザベル王妃が夫人を庇うのではないかと思われるが、クロード夫人を再びセラフィナの侍女にするのは不可能だ。アールクヴィスト皇国においては、国外退去処分を受けた者は永久に入国が禁じられる。

もう終わったのだから、これまでのことは忘れようとセラフィナは心に決めた。

あとは皇女承認の儀式に向けて、心構えを固めるだけだ。

衛兵により正門が閉められる。

はらりと舞い降りてきた粉雪を見上げた。

オスカリウスは淡いブルーのポンチョをまとったセラフィナを促す。

「寒いだろう。ティールームでお茶を飲まないか」

「ええ、いただくわ」

ティールームは宮殿にいくつかある談話室である。

室内に戻ると、控えていたマイヤがポンチョを脱がそうとするが、それをオスカリウスが制した。

彼はセラフィナの背後から、ポンチョをそっと脱がせる。

どきんと胸が弾んでしまう。オスカリウスはセラフィナの体に触れないよう、慎重かつ繊細な仕草で脱がせた。それがいっそう羞恥を煽られた。

マイヤにポンチョを手渡したオスカリウスは平然としているので、他意はないのだろう。淑女へのエスコートのひとつに過ぎない。意識するほうが気にしすぎなのかもしれない。

頬を染めているセラフィナを目にしたオスカリウスは、わずかな動揺を見せた。

彼は気まずそうに咳払いを零す。

「皇配候補としての義務だ」

もはやオスカリウスの決め台詞となっているその言葉に、セラフィナは笑みを浮かべる。

「そうね。義務よね」

「うむ。――椅子にかけたまえ」

セラフィナの背に、大きなてのひらが添えられる。触れるか触れないかくらいの丁重さでエスコートされて、セラフィナは椅子に腰を下ろした。

暖炉の火が暖かく部屋を包み込んでいるティールームは、深い緑色をした天鵞絨張《びろうどば》りの椅子に趣がある。重厚なティーテーブルには、サモワールと呼ばれる湯沸かし器が置かれている。

黄金色の蛇口から、沸かした湯をティーポットに注いだマイヤは、サモワールの上端にポットを置いて蒸らした。こうしておくと紅茶が冷めないのである。

その間にレモンの輪切りや砂糖、ジャムを入れた壺《つぼ》がテーブルに並べられた。

やがて茶葉が蒸らされると、青い薔薇が描かれた陶器製のティーカップに濃いめの紅茶が注がれる。

オスカリウスが指先でテーブルの手前を指し示した。その優雅な仕草は生まれながらの貴公子らしさが滲み出ていて、思わずセラフィナは見惚《みと》れる。

するとマイヤが丁寧な所作で、ふたつのティーカップをオスカリウスの前に差し出した。

あら、とセラフィナは首を捻る。

ティーカップは二客あり、それぞれがオスカリウスとセラフィナの分だと思われるが、どういうことだろうか。

オスカリウスは砂糖壺の蓋を取ると、スプーンを手にした。

「砂糖はいくつかな？」

「……ひとつ」

そう言うと、彼はふたつの紅茶に一杯ずつ砂糖を入れる。

オスカリウスが自ら砂糖を入れるために、二客のティーカップを自分の前に持ってくるよう指示したのだ。

「レモンはいかがかかな」

「それじゃあ、いただくわ」

彼は別の壺の蓋を取り、サービングトングで挟んだ瑞々《みずみず》しいレモンの輪切りをふたつのティーカップに入れる。

これまで不遇だったセラフィナは、紅茶を飲んだ経験すらほとんどなかった。

それなのにこうしてオスカリウスが世話を焼いてくれることに、感激を覚える。

冷遇されていたセラフィナでなくとも、男性にこうして女性が気遣われるのは稀有《けう》なことだろう。

ティースプーンで緩やかに飴色《あめいろ》の紅茶をかき混ぜると、オスカリウスはひとつのティーカップをセラフィナの前に差し出した。

「ありがとう……」

「礼には及ばない」

冷然としてそう言う彼だけれど、本当に義務と思っているのなら、もっと迷惑そうな素振りが表れるのではないか。

オスカリウスなりの思いやりなのだと解釈したセラフィナは、精緻な模様が描かれたティーカップを手にした。

芳《かぐわ》しい紅茶の香りが、心を落ち着かせてくれる。

ひとくち紅茶を口にすると、ほっとする優しさを感じた。

「とても美味《おい》しいわ……」

感慨深く述べると、マイヤが悪戯《いたずら》めいた笑みを見せる。

「ありがとうございます」

「ふふ。マイヤが淹《い》れてくれた紅茶だものね」

オスカリウスは肩を竦める。

「そのとおり。俺は砂糖とレモンを入れただけだからな」

セラフィナが笑うと、嘆息を零したオスカリウスは紅茶に口をつけた。

ティーカップを置いたセラフィナは、改めて彼に話す。

「クロード夫人の件では、皇国に迷惑をかけて本当に申し訳ないわ。私が至らないために、夫人を増長させてしまったの」

ヴィクトーリヤは主のセラフィナに責任があるとはひとことも言わなかったが、それがなおさらセラフィナを猛省させた。

白磁のティーカップを手にしていたオスカリウスは、つとソーサーに戻した。

「きみのせいではない。俺は初めからクロード夫人の態度に不審なものを感じていたので、マイヤに見張らせていたのだ。料理長からも様子がおかしいという証言を得ている。夫人の悪行を暴くには証拠が必要だったため、すぐに庇うことができず、こちらこそ申し訳なかった」

深く頭を下げる彼からは誠実さが表れていた。

はっとしたセラフィナは、慌てて手をかざす。

「頭を上げてちょうだい。こうして解決に至ったのは、オスカリウスのおかげだわ。

マイヤが来なかったら、私は危ない目に遭っていたから」

顔を上げたオスカリウスは紺碧の双眸に真摯な光を宿す。

そこには最悪の事態を想定した険しさがあったが、同時にセラフィナへの憐憫も含まれていた。

「これからは、つらい思いはさせない。俺がそばにいないときは、マイヤが身を守るから安心してくれ」

オスカリウスの言葉を受けて、そばに控えているマイヤは薄く微笑んだ。

夫人の一件以来、マイヤはセラフィナ専属の侍女として忠実に仕えてくれている。

そういえば、クロード夫人に叩かれそうになったときの対処の仕方が常人離れしていたが、彼女はほかの侍女とは異なるのだろうか。

「マイヤはいったい、何者なのかしら……？　なんだか訓練された兵士みたいな俊敏さがあるわよね」

「――もうお気づきかもしれませんが、わたしはふつうの侍女とは少々異なりまして……」

ティーポットから紅茶を注ぎ足しながら、マイヤはちらりとオスカリウスの顔をうかがう。

咳払いを零したオスカリウスが補足した。

「ここだけの話だが、マイヤの本来の職務は侍女ではない。彼女は宮廷専属の聖女騎《せいじょき》士団《しだん》の所属で、俺がスカウトして直属の部下にしたのだ。つまり、諜報員《ちょうほういん》のようなものだね。格闘技にも長《た》けているので、暴漢が現れたときなど重宝するよ」

「まあ……そうだったのね」

宮廷専属の聖女騎士団員は、一般的な騎士団とは異なり、正体を隠して活動しているという。暗殺を恐れる皇族などが専属で雇うこともあるので、宮廷でも暗躍する存在だ。

まさか小柄で少女のような容貌のマイヤが凄腕《すごうで》の聖女騎士団員とは意外だったが、彼女がいてくれたからこそ、セラフィナはクロード夫人の魔の手から逃れられたのだ。

そしてなによりも、マイヤを派遣してくれたオスカリウスのおかげだった。

彼らの恩に報いるためにも、この国で立派な皇女になろうとセラフィナは誓った。

数日後、いよいよ女帝に謁見する儀式の日がやってくる。

儀式を通過すれば、正式な皇女として内外に認められるのだ。

セラフィナは緊張を滲ませつつ、オスカリウスから贈られたアイスグリーンのドレスに身を包む。

純白のロンググローブをつけて、髪は皇国式に結い上げる。品のある化粧を施し、儀式用のティアラを冠すると、支度は完了した。

楚々とした気品がありながらも、芯の通った美しさだ。

着替えを手伝った侍女たちは感嘆の息をつく。微笑んだマイヤは褒めそやした。

「お美しいです。セラフィナさま」

「ありがとう、マイヤ」

鏡に映っている姿は自分とは思えないほど輝いていた。

もう、背を丸めていた惨めな王女はどこにもいない。

セラフィナは誇らしく背を伸ばし、前を向く。

微笑を浮かべて堂々と歩み、セラフィナは謁見の間へ入場した。

壮麗な謁見の間は、白亜の大理石の床と柱が眩《まばゆ》く煌めいている空間だった。

真紅の絨毯《じゅうたん》が敷かれているその先の玉座に、女帝ヴィクトーリヤが鎮座していた。

彼女の頭には、大粒のダイヤモンドがちりばめられた王冠がのせられている。それはアールクヴィスト皇国の君主のみが戴冠することを許された、女帝の証だ。

もしセラフィナが女帝になる日が来たなら、白銀に輝く王冠を戴《いただ》くことになる。

その覚悟をもって、一歩一歩を踏みしめた。

絨毯の両脇に豪奢な衣装で佇む皇族や貴族、大臣たちの視線を受ける。

彼らの先頭にいて、こちらに熱い眼差しを向けているのはオスカリウスだ。

女帝の甥であり、セラフィナの皇配候補である彼も、儀式に参列している。

目で挨拶を送ったセラフィナは、オスカリウスが顎を引いて、小さな頷きを返してくれたのを受け取る。

女帝の側近が、セラフィナの名を呼び上げた。

「バランディン王国、王女セラフィナ――」

講義で習ったとおり、セラフィナは玉座の階段下まで辿り着くと、歩みを止めた。

両手でドレスの端を抓み、やや頭を下げる。これが皇国式の、淑女の礼だ。

すると、玉座の女帝がセラフィナを優美な仕草で手招いた。

「もっと、こちらへ」

命じられたので、セラフィナは階段を一歩上る。

だが、そこで止まる。

階段は五段ほどあるが、ヴィクトーリヤは玉座まで来るようにとは命じていないからだ。

これは講義で教えられたことではなかった。セラフィナはそう感じ取った。

謁見の間には緊迫が満ちた。

女帝はセラフィナ王女が帝位を継ぐに足る覚悟があるかを、今一度問いかけている。

「もっと」

セラフィナはもう一段、階段を上がった。

あと、三段。

残りの三段を上がれと女帝は命じることなく、自ら立ち上がった。そしてヴィクトーリヤは、すっと右手の甲を差し出す。拝謁を許すという所作だ。

手の届くところまで階段を上ったセラフィナは、女帝の右手を両手で持つ。忠誠を込めて、白い手の甲にくちづけを落とす。

この行為は、セラフィナが女帝に次ぐ地位にあることを認めるという表れだった。

女帝が命じなければ、拝謁するのは許されないのである。

ヴィクトーリヤは高らかに宣言した。

「たった今、わたしは娘を得ました。アールクヴィスト皇国の皇女セラフィナは、帝位継承者の地位を有します」

セラフィナは深くお辞儀をした。

参列した人々から拍手が湧き起こる。

正式に皇女となったセラフィナは、女帝への一歩を踏み出したのだった。

帝位継承者が誕生した祝賀行事として、その夜は女帝主催の夜会が催されることになっていた。

儀式を終えたセラフィナは、控え室に戻った。一息ついて椅子に腰を下ろす。

無事に終わって、よかったわ……。

皇女として認められた感慨が胸に沁みた。これからはアールクヴィスト皇国の一員として、皇国の発展と平和のために残りの人生を捧げよう。

セラフィナはもう虐げられた王女ではないし、バランディン王国に所属する人間ではなくなった。

虐げられていた自分がバランディンに対してできる務めはもう果たしたことが、心からの安堵をもたらす。

控え室として宛てがわれた宮殿内の一室では、侍女たちが夜会の支度に取りかかっている。これから夜会用のドレスに着替え、髪を結い直すためだ。

そこへ、オスカリウスが入室してきた。

「おつかれさま。素晴らしい儀式だった」

「オスカリウス！　この日を迎えられたのはあなたのおかげだわ。本当にありがとう」

それに、彼が贈ってくれたドレスがなければ、セラフィナは儀式に参加できなかっただろう。

セラフィナが椅子から腰を上げると、彼は軽く手を上げる。

皇女であるセラフィナからオスカリウスのもとへ向かうのは、宮廷内では礼儀に反するのだ。

立ち上がったまま留まっていると、オスカリウスはセラフィナのそばへやってきた。ただし、紳士として適切な距離を保つ。

「陛下はきみを帝位継承者として認めた。すなわち俺も、正式にきみの婚約者と認定されたといっていい」

ごくりと唾を呑み込んだセラフィナは、重責を噛《か》みしめる。

ふたりは未来をともにする正式なパートナーとなった。

オスカリウスの将来が幸せなものになるかどうかは、セラフィナが女帝になれるかにかかっている。

帝位継承者だからといって、必ず帝位を継げるとは限らない。

セラフィナの魔法がわずかなものであることには変わりなかった。

すなわち、ほかに皇族の血を引く有能な魔法の使い手がいたならば、その人物がセラフィナの地位を脅かすことになりかねないのだ。

それに、帝位を継承する条件には懐妊も含まれている。

今後はそのことについても相談が必要だが、セラフィナにはまだ考えられなかった。

自分の命運が、オスカリウスの将来も決めてしまうという重みを背負うので精一杯だ。

「――そうね。オスカリウスを皇配にするため、私は努力するわ」

オスカリウスは双眸を細めて、毅然と言うセラフィナを見つめる。

「野心があるわけではないが、俺は皇配になる必要がある」

「……そうなのね」

彼の思惑はまだわからない。今は聞かないでおこうと思った。彼から明かしてくれるまでは。

オスカリウスが手を差し出したので、セラフィナはその手を握る。

ふたりは固い握手を交わした。

彼の紺碧の双眸と視線が絡み合う。

なぜか羞恥が込み上げてきたセラフィナは視線を外す。

握手をほどくと、オスカリウスは気まずそうに咳払いを零した。

婚約者とはいえ、ふたりの間には未だたどたどしい空気が漂う。

「そういえば——夜会に着てもらいたいドレスがある。あのときは間に合わなかったが、別で用意していたそれを持参したのだが、見てもらえるだろうか」

「ええ、もちろん」

オスカリウスが控えていた従者に合図を出す。従者は抱えきれないほどの大きな箱を持ってきた。

心得たマイヤがトルソーを用意する。

侍女たちの手により、箱のリボンが解かれ、蓋が開けられる。

中から現れたのは、鮮やかなサファイヤブルーのドレス。

セラフィナは感嘆の声を上げた。

「なんて素敵なドレス……！　これはまさか、オーダーメイドでお願いしたドレスなの？」

きらきらと光を受けて輝くサテンのドレスには繊細なレースやリボンがあしらわれ、幾重にもフリルが施されている。

なによりもセラフィナの心を躍らせたのは、ドレスが寸分違わず、オスカリウスの紺碧の瞳と同じ色だったことだ。

「そのとおり。ぜひ夜会で着てほしくてね」

「嬉しいわ……ありがとう。なにかお礼をさせてちょうだい」

「礼はいらない。このドレスをまとったきみを俺に見せてくれるだけでいい」

「ええ。今日の夜会で着させてもらうわ」

侍女たちがトルソーにサファイヤブルーのドレスを飾る。

美しく光り輝くドレスをうっとりと眺めるセラフィナに、オスカリウスはしばらく逡巡《しゅんじゅん》していたが、やがて口を開いた。

「実は……きみにまだ言っていないことがある」

「なにかしら？」

振り向いたセラフィナから視線を逸らしたオスカリウスは、顎に手を当てて考え込むようなポーズをした。

「きみがここに来た初日に言っていた……ツキシロのことだ」

「えっ？」

前世で会社の御曹司だった月城リオンの名前が出たので、セラフィナは驚いた。

オスカリウスが月城ではないかと出会ったときに訊ねたが、彼は知らないと言っていたはず。

それなのに、どうして今頃になってオスカリウスの口から月城の名が紡がれたのだろうか。

だがオスカリウスはすぐに語らず、思案する表情を見せた。

「――いや、やはり忘れてくれ。すまなかった」

「……そう」

「皇女承認の儀式は済んだが、夜会も大切な宮廷儀式の一環だ。夜会では一曲目に、俺とダンスを踊ってくれ。陛下はもちろん、貴族たちも我々を審査するだろう。仲睦《なかむつ》まじい婚約者を演じなければならない」

「……わかったわ」

彼がなにを言いかけたのか気になるが、セラフィナは追及しなかった。

これから夜会なので、ゆっくり話している時間はない。オスカリウスとしても大切な行事の前に話すべきではないと思ったのだろう。

月城のことを濁すように言われた「仲睦まじい婚約者を演じる」という言葉がセラフィナの胸を衝《つ》く。

彼から「義務」と言われなかったことで、逆に義務なのだと強く感じてしまったから。

セラフィナはぎこちなく笑ったが、その頬は引きつっていた。

「では、のちほど」

オスカリウスは足早に部屋を出ていった。

彼の背を見届けていたセラフィナだが、すぐに侍女に囲まれて、夜会の支度を始めた。

◆

セラフィナと別れて、別室へ入ったオスカリウスは椅子に腰を下ろす。

待機していた侍女が紅茶を用意しようとするのを、「ひとりにしてくれ」と軽く手を振って断る。

深い溜息を吐いたオスカリウスは、すぐそばの部屋にいるセラフィナを思い浮かべた。

セラフィナに真実を告げられなかった——。

「実は、俺の前世は月城リオンだと言ったら、セラフィナは驚くだろうな」

つい月城の名を出してしまったにもかかわらず、やはり忘れてくれなどと言うのは卑怯《ひきょう》だった。彼女の笑みは引きつっていた。そんな顔をさせたのは、自分が至らないせいだ。

白い天井を仰いだオスカリウスは小さく嘆息する。

数か月前、叔母である女帝に皇配の件を提案されたときからオスカリウスの運命は大きく動き出した。

アールクヴィスト皇国の継承者には魔法を使えなければならないという秘密の条件がある。

だがヴィクトーリヤには子どもがおらず、ほかに魔法の才を有している皇族がいない。次の帝位を誰が継ぐのかが、大きな課題となっているのは知っていた。

皇族の血族ではあるものの、残念ながらオスカリウスにも魔法は扱えなかった。そもそも魔法は女性に表れやすいという特徴もある。そのため歴代の帝位は、ほぼ女性が継承してきた。

宮廷で密《ひそ》かに調査したところによると、バランディン王国の第一王女が魔法を使える可能性が高いらしかった。しかも聖女のしるしとされる雪の結晶型の痣も有しているという。

確かに王女の母親は、皇国の皇族出身である。元大公女のクリスチーナは魔法がなかったため、帝位継承者の資格がなく、バランディン王国の王妃となった。魔法を持たない大公女は大抵が国内の貴族か、外国の王族と結婚する。

ヴィクトーリヤは銀鉱山と引き替えにセラフィナ王女を養子に迎えると言った。彼女が懐妊することも帝位を継承する条件に含まれるため、オスカリウスを皇配候補に指名するという。

大公の地位は連邦の領主のひとりだが、女帝の招集により、オスカリウスは領地のことは弟に任せ、首都で騎士団を率いている。それが皇配となったら、広大な皇国のすべてを牛耳る地位に就くも同然だ。

だがそれには、オスカリウスは顔も知らない王女と婚約者になり、彼女と子作りに励まなければならない。

その提案をされたときは、断ろうかと考えていた。

ほかの異国の王女に会ったこともあるが、王族や高位の貴族の子女は総じて気位が高く、自分が食べているパンを誰が作っているのか、なぜそれを働きもしない自分が食べられるのかなど考えもせずに贅沢をしているのである。

贅沢をするのは特権階級なのだから当然の権利であると思っている女性とは、オスカリウスは結婚生活を送れそうにない。

皇族のオスカリウスではあるが、街の学校に通った経験を通して、市民の一般的な暮らしに触れることができた。

パン屋は早朝からパンを焼き、仕立屋は一日中、服を作製している。

彼らの絶え間ない労力により、皇族や貴族は生かされているのだと感じた。

おそらくセラフィナ王女も、そんなことは考えもしない浪費家ではないだろうかと予想していた。

『愚かなバランディン王』の逸話は、銀鉱山を取り戻そうとするも、己の浪費癖が災いして叶わなかったという実話に基づいている。

実際に、現バランディン王の治世はうまくいっていないようで、各地で暴動が起きている。原因は税金が高すぎるためだが、それでも国庫は空らしい。

レシアト国から迎えたイザベル王妃と、その娘のダリラ王女が浪費家で、金がいくらあっても足りないと国民は声を上げていた。それだけでなく暴動を鎮圧するのにも、雇った傭兵《ようへい》や兵士を地方へ派遣するため金が必要だ。そのため王は、第一王女のセラフィナと引き替えに、資金源となる銀鉱山を入手したのである。

それでも根本的な解決を図らなければ、国庫を潤し、国民を納得させることはできないだろう。

現王は、『愚かなバランディン王』を教訓としていない。

バランディン王国が破綻するのは、そう遠くない未来だと思えた。

それにしても……と、オスカリウスは首を捻る。

浪費癖から抜け出せないバランディン王家だが、なぜかセラフィナ王女の噂はなにも聞かなかった。

侍従から聞いた情報によると、亡くなった前王妃の娘だそうだが、それだけだった。

彼女はまるで存在しないかのように希薄である。

不思議に思ったが、オスカリウスは皇配候補である。

セラフィナ王女の皇配候補であるからには、彼女と結婚することになる。

前世のことをいつまでも引きずってはいられない。

しかし、セラフィナに会ったことはないが、彼女が帝位を継ぐには数多くの条件がある。単に魔法使いであればよいというものでもない。広大なアールクヴィスト皇国を統治するには聡明《そうめい》で思慮深く、なによりも国民の幸福を考える人物でなくてはならない。

密かにオスカリウスは、セラフィナ王女には無理ではないかと思っていた。

だが彼女の人となりを見ないことには、どうにも言えない。

ところがバランディン王国からの馬車が到着して、セラフィナ本人に会ったオスカリウスは密かに驚嘆する。

――瀬良雪菜ではないか！

すぐに面影でわかった。彼女は前世で恋い焦がれた女性だった。

しかもセラフィナは驚くべきことに、「月城さんではありませんか？」と問いかけてきた。

懐かしい名前に、オスカリウスは一瞬だけ硬直した。

会社帰りに行方不明になった瀬良雪菜を、手を尽くして捜したことがよみがえる。

彼女は子犬を助けようとして車と衝突したという目撃情報もあったが、あの晩以降、忽然《こつぜん》と姿を消した。二度と会社にも自宅にも現れなかった。

いったい、瀬良雪菜になにがあったのか。

彼女を捜すうちに、女帝に仕える聖獣のルカに出会い、謎の世界に迷い込んだ。

それがアールクヴィスト皇国だった。

なぜかこの世界に生まれたときからの記憶があり、これまでの月城リオンとしての記憶もあるという奇妙な状態を次第に理解する。オスカリウスは、ルカに導かれてこの世界に転移したようだ。髪と目の色が前世の頃とは変わっているが、そういうことなのだろう。

こちらに来てから、国内はもちろん、他国への従軍や回遊のたびに雪菜を捜しもしたが、見つけることはできなかった。その彼女が今、目の前にいる。

そして、セラフィナである瀬良雪菜も前世の記憶があるのだ。

だがオスカリウスは咄嗟に知らぬふりをした。

今世では冷徹と呼ばれるような素の自分のままでいなければと思った。

前世のようにたとえ優しく取り繕っても、彼女はどうせ振り向いてくれない。氷の大公として、このまま貫くべきだと。

アールクヴィスト皇国の大公として生を受けたオスカリウスは剣に長けて、騎士の称号を得た。その美貌と冷徹さから『氷の大公』という異名を持つ。

だが自分の前世はある会社の後継者で、月城リオンという名だったことはわかっていた。

そして、同じ会社の瀬良雪菜に恋していたが、彼女と恋人になれなかった。

その後悔は深くオスカリウスの心に食い込んでいた。

なぜ、うまくいかなかったのか。瀬良に相手にされなかっただけか、タイミングが合わなかったというべきか。

前世のことなので、今さらどうしようもなかった。想いを振り切るように、オスカリウスはいっそう冷徹になっていく。氷の大公の異名にふさわしく。

会社の御曹司だった前世の自分は、愛想のいい優男だった。

そして御曹司という上辺だけを見て群がってくる人たちをドライに見ていた。だけど雪菜だけは、そういう周りの有象無象とは違って見えた。

彼女は月城が御曹司だからといって、媚《こ》びを売ったりしない。特別扱いをしない。それが新鮮だった。

仕事に一生懸命で、それを生きがいにしている。

そんな姿勢に胸を打たれた。

彼女に優しくしたいのだが、どうにもうまくいかなかった。

月城リオンとしては、自分は冷たい人間だと思っていたので、その本性を見抜かれていたのかもしれない。

だから今世の『氷の大公』と謳《うた》われる自分こそ、本来の姿だと思っている。

しかし、その一方で葛藤もある。

彼女には本当の自分を見てほしいという気持ちが胸の奥底で燻《くすぶ》っている。だが、このまま冷たい本性をさらしていたら嫌われるかもしれない。かといって、自分は変われないだろう。

彼女への想いと、前世と今世での乖離《かいり》した自分の姿が絡み合っている。

セラフィナに真実を打ち明けられるときは来るのか――。

その苦悩はセラフィナに会うたびに募っていく。

彼女は前世と変わらずに慎ましく、心優しい女性だった。他者に「ありがとう」と感謝を述べる高位の女性を、オスカリウスは初めて見た。

薔薇園で会話を交わしただけで胸が弾んだ。顔には極力出さないよう努めているが。

しかもセラフィナは予想に反して、浪費家とは程遠かった。

それどころか王女であるはずの彼女は、貧しい暮らしをしていたかのようであった。みすぼらしいドレスを着て、食事を取っていないかのように痩身だ。顔色が悪く、髪や肌にも色つやがない。

医師の健康診断によると、病気ではなく、長年の栄養不足によるものだという。

それに対して、侍女のクロード夫人はでっぷりとして豪奢なドレスを着ていた。なにも知らない人間が見たら、クロード夫人が主に見えるだろう。

どうにも違和感があった。

しかもセラフィナは毎度の食事を「気に入らない」と言って、床に投げ捨てているのだとか。それはクロード夫人の言い分なのだが、代わりの食事を作れと彼女は命じない。つまりセラフィナは、自らの希望でなにも食べていないということになる。

不審に思ったオスカリウスは、料理長に確認させた。

すると、セラフィナは料理長の差し出した食事をありがたく食べたのだという。クロード夫人は不服そうにしていたという報告も併せて受けた。

侍従に報告書を提出させたところ、クロード夫人はもともと、イザベル王妃が輿入れするときにレシアト国から同行してきた侍女頭だという。

セラフィナの乳母は、なぜ同行しないのか。わざわざ王妃付きの侍女を随行させるのは異例である。

導き出される結論はひとつしかない。

「……監視役か」

オスカリウスは低い声でつぶやく。

イザベル王妃の思惑により、彼女の侍女が監視役としてセラフィナについてきたのだ。どう見てもセラフィナは祖国にいたときから冷遇されている。

理由は前王妃の娘だからといったところか。いずれにせよ、セラフィナ自身に問題があるわけではなく、不当な処遇だ。

オスカリウスは直属の部下であるマイヤを派遣して、セラフィナからクロード夫人を遠ざけさせた。

マイヤは聖女騎士団所属で、格闘の経験を積んでいる。侍女のふりをして宮廷に忍び込ませているが、非常に有能な人材だ。

マイヤの報告によると、クロード夫人は女帝から贈られたセラフィナのドレスをわざとハサミで切り裂いたのだという。

クロード夫人の凶行を聞いたオスカリウスは、大急ぎで仕立屋を呼んだ。

ドレスを贈ったのは偶然ではない。

儀式のためのドレスはどうにでもなるが、クロード夫人の存在は危険だ。

証拠がそろったのでクロード夫人を国外退去処分にすることができたが、これで終わったわけではないとオスカリウスは思っている。

夫人の背後にはイザベル王妃がいるからだ。悪名高い王妃は贅沢を好み、王を意のままに操っているという噂がある。国民の評判は大変悪く、傾国の悪女と呼ばれている。

そうすると、クロード夫人の国外退去処分は不当などと、皇国に訴えかねない。

セラフィナが女帝に即位して、祖国を支援するという形にでもならなければ、王妃は黙らないだろうと思える。

そのためにも、あらゆる壁を乗り越え、セラフィナを帝位に就けなければならない。

それが今世でのオスカリウスの宿命だ。

「彼女の命を守らなければならない」

オスカリウスは紺碧の双眸を燃え立たせた。

女帝から皇配候補に指名されたとはいえ、正式に皇配の地位を得たわけではない。

ほかにも皇配候補の名前は挙げられているのだ。

セラフィナがオスカリウスを嫌いになれば、それで終わりである。

彼女からパートナーとして認められ、ふたりの子をセラフィナが身ごもらなければ、オスカリウスは皇配になれない。

だが、地位を得るために奮起するのではない。

セラフィナを、守りたい。

彼女は、冷酷ゆえに誰も近づかない自分のことをまっすぐ見てくれる。

氷の大公と恐れられる自分を「可愛い」と言って、心を溶かしてくれた。

やはり彼女は特別な人だ。セラフィナに、今度こそ取り繕わない本当の自分で気持ちを伝えたい。

そのとき、ノックとともに従者が現れた。

「失礼いたします。大公殿下にお会いしたいという方がお待ちです」

「誰だ？」

「お名前を申し上げるのは、ちょっと……。皇女殿下のことについて、秘密のお話しがあるそうです。ご案内いたします」

「ほう……」

心当たりがまるでない。

だがセラフィナのこととなると、それがたとえ怪しい話でも放っておけない。

従者は宮廷で見かけたことのある男だが、なぜか視線をさまよわせていた。

「わかった。行こう」

相手を確かめるくらいはしておきたい。セラフィナにはマイヤがついているので、心配なかった。

従者の案内で部屋を出たオスカリウスは、裏口を通る。庭園を抜けて、森の中へ足を踏み入れた。この辺りには人影がない。不審に思ったオスカリウスは周囲を見回す。

「秘密の話だそうだが……こんなところで会うのか？」

そう訊ねた途端、従者は駆け出した。

オスカリウスの脇をすり抜け、来た道を慌てて引き返していく。

「おい、どこへ行く？」

突然のことに眉をひそめる。

すると、木立の陰から複数の男が姿を現した。彼らは宮廷の人間ではない。それぞれがナイフを手にして、それをちらつかせていた。

「なんだ、きみたちは」

「大公殿下さまよ。ちょっと俺たちに付き合ってもらおうか」

ならず者のようである。先ほどの従者が呼び込んだのか、それとも背後にいる何者かにそそのかされたのか。オスカリウスは口端を引き上げた。

「舐《な》められたものだな」

軍の指揮を執っているので、ならず者の相手くらいは容易《たやす》い。

腰に佩《は》いた護身用のレイピアを引き抜く。

男たちに囲まれたオスカリウスは、眼差しを鋭くした。

第三章　煌めく夜会と第二皇配候補

夜の帳が降り、空に数多の星が瞬く頃――。

アールクヴィスト皇国の主宮殿で、儀式のあとの盛大な夜会が催された。

煌めくシャンデリアのもと、着飾った紳士淑女たちがダンスに興じている。みな女帝から招待を受けた、皇国の皇族や貴族たちだ。

普段の夜会では、子息や子女の結婚相手を探している貴族たちだが、今宵《こよい》は異国からやってきて皇女の地位に就いたセラフィナの話題で持ちきりだった。

「もとはバランディン王国の王女ですって。どんな方なのかしら？」

「あの国には有名な話があるわよね。『愚かなバランディン王』でしょ？」

淑女たちは扇子をかざして、くすくすと笑い合う。

ワインの入ったゴブレットを持った老齢の紳士たちは、そんな淑女たちを横目にして、豊かな口ひげを揺らした。

「皇国の銀鉱山と交換したのだからな。それなりの働きをしてほしいものだ。もっとも、女帝になれるかどうかは別の話だが」

「これは極秘なのでここだけの話だが、先に子をもうけないと君主になれないという、陛下が定めた条件があるらしい。そうなると、誰が皇配かが重要だ」

皇配の話題を出した紳士は、さりげなく周囲を見回し、皇配候補となる男性やその親族がいないことを確かめた。

「オスカリウス・レシェートニコフ大公か。陛下の甥のひとりだからな。地位は皇配にふさわしいだろう」

「あくまでも〝皇配候補〟さ。彼だとて、皇配という地位を得たわけではない。ライバルはたくさんいる。たとえば、エドアルド・ラヴロフスキー大公とかね」

「陛下と皇女殿下に取り入れば、ラヴロフスキー大公が皇配になることも充分にありえるな。さて、我々はどちらにつくべきか……」

紳士たちが目線を交わし合った、そのとき――。広間に流れていた音楽が、ぴたりとやんだ。登場した人物の名を、侍従が高らかに告げる。

「ヴィクトーリヤ女帝陛下、ならびにセラフィーナ皇女殿下のお越しです」

人々は深く腰を折り、頭を垂れる。

女帝の少し後ろに立つセラフィーナは、眩いサファイヤブルーのドレスを身にまとっていた。

袖と裾は幾重ものフリルに彩られている華麗さだ。ドレスの襟刳りが深いので、胸元の雪の結晶型の痣が見えている。紺碧の痣はまるで極上のアクセサリーのよう。

皇女としてふさわしい、凛《りん》とした立ち姿である。

近頃はマイヤが身の回りの世話をしてくれるので、充分に食事が取れているためか、セラフィナの髪や肌は艶めいていた。

ヴィクトーリヤは居並ぶ賓客へ、優美に挨拶する。

「わたしの娘を、みなに紹介するわ。セラフィナ皇女はアールクヴィスト皇国の、正統な帝位継承者よ」

女帝のそばに佇む皇女セラフィナは柔らかな微笑みを見せる。

君主が自ら、セラフィナを正統な帝位継承者と認めたのだ。拍手とともに「陛下、おめでとうございます」という称賛の声が広間に響き渡る。

順当にいけば、ヴィクトーリヤが崩御したとき、もしくは帝位を退いたときに、セラフィナ皇女が即位することになる。

だが先に懐妊しなければ、帝位を継承する資格がない。

オスカリウスは女帝が推した第一位の皇配候補であるが、皇女が懐妊しなければ、ほかの者が皇配候補に推薦される可能性もあった。

そうすると……誰にでもチャンスがある。

紳士たちは目線を交わして頷いたり、首を左右に振ったりした。

皇配になれたなら、国家を牛耳る立場になれる。

だが大公に対抗できるほどの身分であることが必須である。なにより妻帯者は結婚できない。独身か、もしくは独身の息子がいることが絶対条件となるのだ。

「失礼する」

様々な思惑が巡る中、豪奢なジュストコールを身につけたひとりの男性が颯爽と現れた。炎のような赤い髪色の男性は、翡翠《ひすい》のごとき双眸を持つ精悍な美丈夫だ。

鍛え上げられているとわかる体躯と、切れ上がった眦は畏怖を感じさせる。

淑女たちの間から、歓声とも悲鳴ともつかない声が湧いた。

「エドアルドさまだわ！　いつも素敵ね」

「今日こそはダンスをご一緒してほしいわ！」

淑女の声を浴びながら、まっすぐに玉座へ向かっていく彼を見て、紳士たちは囁《ささや》きを交わす。

「おや。ラヴロフスキー大公ではないか。噂をすればだな」

「彼も若き大公だからな。レシェートニコフ大公だけが抜擢《ばってき》されるのを黙って見ているわけにはいかないだろう」

「そのレシェートニコフ大公の姿が見えないが……まさか大事な夜会なのに、すっぽかしか？」

流麗な音楽が流れる広間で、杯を手にした紳士たちは噂話に興じた。

紳士淑女たちが華麗に踊るのを、セラフィナは女帝とともに壇上の椅子に腰を下ろして眺めていた。

オスカリウスは夜会に来ないのかしら……。

彼が贈ってくれたサファイヤブルーのドレスを見てほしいのに、なぜか着替えのあと、オスカリウスは現れなかった。

マイヤに別室を見てきてほしいと頼んだが、戻ってきた彼女はわずかな焦燥を浮かべて「お出かけになったようです」と告げた。

急用ができたらしい。夜会の時刻には戻ってくるだろうと思っていたのだが、彼は未だに現れない。

なにも言わずにいなくなるなんて心配だ。もしかして、なにかあったのだろうか。

セラフィナの不安を具現化するかのように、女帝は不機嫌そうな顔をした。

「オスカリウスはどうしたの？　皇女のお披露目の夜会なのに、皇配候補が顔を見せないなんて許しがたいわ」

「それが……急用ができたらしいです」

「どんな急用があるというの。理由によっては、皇配候補から下ろすことも考えると釘《くぎ》を刺さなくてはね」

　このままでは女帝の不興を買ってしまう。

　先ほど部屋で話したとき、「夜会も大切な宮廷儀式の一環で、陛下はもちろん、貴族たちも我々を審査する」と彼は言っていた。この夜会の重要性をよくわかっているはずなのに、なにも言わずに遅刻するなんて考えにくい。急に体調を崩して連絡できない状態だとか、そういうことではないだろうか。

「私がオスカリウスを捜してきます」

　セラフィナが女帝にそう告げて腰を上げようとすると、軽く手を上げたヴィクトーリヤは制した。

「その必要はなくてよ。大事なときに役に立たない男なんて不要なの。夜会であなたをエスコートする皇配候補なら、ほかにもいるわ」

　え、とセラフィナが首を捻ったとき、赤い髪の男性が、壇上に近づいてきた。

鋭い目つきをした彼は、まっすぐに背を伸ばし、胸に手を当てる。

「陛下。エドアルド・ラヴロフスキーがまいりました。このたびは皇女殿下を迎えられるという慶事を、皇族の一員として喜ばしく思います」

挨拶を受けた女帝は鷹揚に頷いた。

エドアルドの顔を見たセラフィナの脳裏に、前世の記憶がおぼろげに浮かんでくる。

この人は……なんとなく見たことがある気がするわ。誰だったかしら……。

転生者は自分だけではないのかもしれない。考えてみれば、誰もが前世を持っていて、その記憶を思い出していないだけということもありえる。

セラフィナが戸惑っていると、エドアルドはセラフィナの前に片膝をついた。

「あなたに会いたかった、皇女セラフィナ。おれは、エドアルド・ラヴロフスキー大公。女帝ヴィクトーリヤの甥のひとりだ」

「大公殿下なのね。どうぞよろしく」

困惑を押し込めたセラフィナは、素知らぬ顔をして挨拶した。

女帝の甥はオスカリウスひとりではなく、何人もいる。

セラフィナは皇族の系譜を思い起こした。ラヴロフスキー大公は、オスカリウスのいとこにあたる人物だ。確か年齢はセラフィナと同じくらいで、独身である。

エドアルドは精悍な顔を上げて、セラフィナに熱い眼差しを注ぐ。

単なる挨拶のわりには彼の視線に意図がある気がして、どきりとした。

ゆったりとした笑みを湛《たた》えた女帝が、セラフィナにエドアルドを紹介する。

「エドアルドはわたしの自慢の甥よ。騎士の称号を持つ剣の達人なの。騎士団を率いて遠征へ行ったとき、武勲を上げたわ」

「そうなのですか。素晴らしいですね」

オスカリウスと同じようにヴィクトーリヤが褒《ほ》め称《たた》えるので、優秀な甥なのだろう。

セラフィナが相づちを打つと、女帝はエドアルドに命じる。

「エドアルド。セラフィナをダンスに誘いなさい。わたしの娘なのだから丁重にね」

「かしこまりました、陛下」

慇懃に礼をしたエドアルドは立ち上がる。

セラフィナは驚きに目を見開いた。

一曲目のダンスは、皇配候補であるオスカリウスと踊るべきではないのか。

それなのにほかの男性とセラフィナが踊ったら、皇配候補とは不仲なのかと周囲に受け止められかねない。

ヴィクトーリヤが思いつきで言ってしまったのかもしれない。セラフィナは微苦笑を交えて女帝へ言った。

「でも、まだオスカリウスが来ていません。彼と一曲目を踊る約束をしているのです」

「約束を交わしたのなら、オスカリウスはこの場にいなくてはならないわ」

厳しい顔をしてそう言うヴィクトーリヤに、エドアルドは深く頷く。

「陛下のおっしゃるとおりだ。皇女殿下、どうかおれの手を取ってほしい」

エドアルドはダンスの相手としてだけでなく、まるでセラフィナの婚約者に成り代わるつもりでいるかのような気がするのは思い過ごしだろうか。

「でも……」

慇懃な所作で手を差し出すエドアルドに応えられないでいた、そのとき——。

ざわめきが耳に届く。

人々は波が割れるかのように道を空けた。

そこを堂々とした足取りで姿を現したのは、オスカリウスだった。

「オスカリウス！　来てくれたのね」

セラフィナの声が輝く。

だが不思議なことに、オスカリウスは夜会用の礼装ではなかった。彼はセラフィナと別れたときのままのジュストコールである。

壇上の前にやってきたオスカリウスは慇懃な礼をする。

「大変お待たせいたしました。暴漢たちを警察に引き渡す手続きに時間がかかりました。そのため、夜会に遅れてしまったのです」

女帝は動揺することなく、オスカリウスに問《と》い質《ただ》した。

「なぜ暴漢に遭遇したの？　あなたは今までどこに行っていたのか説明なさい」

「従者の呼び出しに応じたところ、宮殿の敷地内の森で襲撃に遭いました」

そのとき、広間にならず者のような男たちが闖入《ちんにゅう》してきた。彼らは縛り上げられているが、声高に喚《わめ》き散《ち》らしている。夜会にふさわしくない異様な光景に、貴婦人は悲鳴を上げた。

即座にオスカリウスがならず者を締め上げる。

あとから駆けつけてきた衛兵が慌ててならず者たちを捕まえた。

彼らがオスカリウスを襲った暴漢らしい。衛兵の不手際で逃げ出したのだろう。暴漢たちの中には、お仕着せをまとった宮廷の従者もいた。

オスカリウスは胸に手を当てて謝罪する。

「夜会を騒がせて申し訳ない。どうか、お許しください、陛下」

ヴィクトーリヤは鷹揚に頷いた。

傍らで事態を眺めていたエドアルドは鼻で笑う。

「わざと暴漢を逃がして遅刻の証拠を見せたかったのではないのか？」

煽るような言葉に、オスカリウスはちらと眼差しを向けたが黙殺した。

凛と立っているオスカリウスに怪我はないようで、セラフィナは安堵する。まさか危険な目に遭っていたなんて想像もしなかった。

するとと縛られていた従者が必死に訴えた。

「わたしは金で雇われただけなんです！　そんなつもりはありませんでした。どうかお慈悲を！」

ヴィクトーリヤは許しを請う従者に冷徹な視線を向けると、衛兵に命じる。

「暴漢の一味を連行して事情を聞きなさい。宮殿でそのような暴挙が行われたなんて許しがたいわ」

暴漢たちと従者は衛兵に引き立てられていった。紳士淑女たちは眉をひそめて、闖入者たちが去るのを見届けた。

次に女帝は、オスカリウスへ目を向ける。

「夜会に遅れた事情はわかったわ。あなたも事情聴取に応じなさい。後日でいいわ。怪我がなくて、なによりでした」

「承知しました。ご理解いただきまして、感謝します」

オスカリウスは胸に手を当て、慇懃な礼をした。

ほっと、セラフィナは胸を撫で下ろす。

なぜオスカリウスが事件に巻き込まれたのかは、これから明らかになるだろう。とにかく彼が無事でよかった。

ところが、エドアルドがオスカリウスの前に立ち塞がった。

「どのような理由があろうが、夜会に遅れて皇女を待たせるなど、皇配候補として失格だな」

オスカリウスは紺碧の双眸でまっすぐにエドアルドを見返した。

「失格かどうかは、きみが判断することではない。そこをどきたまえ、エドアルド」

「そうはいかない。おれは陛下から、皇女殿下をダンスに誘う役目を仰せつかった。オスカリウスの出る幕はない」

喧嘩腰のふたりのやり取りを、はらはらしながらセラフィナは見守った。

いとこ同士のふたりは仲がよいわけではないらしい。

ヴィクトーリヤは優雅に扇子であおいでいる。

どうやら、女帝にはどちらかを優先させようという気はないようで、引いたほうが負けのようだ。

一曲目のダンスの相手というだけの話なのだが、大公たちは譲る気配がない。ふたりの男は睨み合った。声をかけるのも憚《はばか》られるほど、緊迫した空気が漂う。

「俺がセラフィナと踊る。それが皇配候補としての役目だ」

明瞭に言い切ったオスカリウスの言葉には、屈強な意志があった。

エドアルドは翡翠色の双眸を細める。

「まあいい。おれはまだ〝皇配候補〟ではないからな」

「なんだと?」

不敵な笑みを残したエドアルドは広間を去っていった。

なぜかはわからないが、エドアルドは諦めたようだ。

眉をひそめたオスカリウスだったが、彼はすぐにこちらに向き直る。

女帝に一礼すると、オスカリウスはセラフィナへ向けて、てのひらを差し出す。

彼の手には包帯が巻かれていた。きっと暴漢と戦った際に傷ついたのではないだろうか。痛ましい表情をしたセラフィナに、オスカリウスは苦い笑みを見せる。

「俺の手を取ってくれるだろうか。夜会の服ではなく、ジュストコールには泥もついている情けない姿だが、きみをダンスに誘いたい」

「……あなたがどんな服を着ていようとも、オスカリウスであることに変わりないわ」

セラフィナは、そっとオスカリウスの手に自らの手を重ねる。彼の傷に、障らないように。

手をつないだふたりは広間の中央へ、ともに歩んだ。

オスカリウスが空いたほうの手を掲げて、ぱちりと指を鳴らす。

すると合図を受けた楽団がワルツを奏でた。

流麗な音楽が始まり、紳士淑女たちは何事もなかったように、再び円舞を描く。

ふたりは向かい合わせになり、ダンスのポーズを取った。互いの片手を握ったまま、オスカリウスの腕がセラフィナの腰にまわされる。

セラフィナは講義で教わったとおり、オスカリウスの肩にそっと手を添えた。

「傷は大丈夫なの？」

「少し擦っただけだ。きみの手に血がついてはいけないと思い、包帯を巻いた。心配させてすまなかったね」

彼の心遣いに、じんと胸が熱くなる。

好き――。

淡い恋心が、セラフィナの胸の奥から芽吹いた。

傷が痛まないようにと、つながれたオスカリウスの手に強く触れてはいけないと思うのに、彼はぎゅっと握りしめてくる。

深い海のような紺碧の双眸は情熱を湛え、セラフィナに注がれていた。

彼の瞳と同じ色をした雪の結晶型の痣が、明かりのもとに凛と浮かび上がっている。

それはまるで双璧のごとく、類い稀な宝石を思わせた。

ふたりは見つめ合いながら、ワルツを踊る。

音楽も、周りの人々も、すべてが遠い彼方《かなた》にあった。

なぜ、こんなにも胸が愛しさで溢《あふ》れているのかしら……。

こんな気持ちは初めてだった。誰にも愛されたことのないセラフィナが、オスカリウスに触れることにより、初めて守られ、慈しまれることを知ったのだ。

だから愛のかけらに自《おの》ずと触れることができた。

セラフィナの視界には、オスカリウスだけが映っていた。

彼の紺碧の瞳に見惚れていると、オスカリウスは優美な笑みを見せる。

「素敵だ。そのドレスはとても似合っている」

「……私の好きな色のドレスを贈ってくれてありがとう」

「そうだね。きみは青が好きだと言っていた。爽やかで清廉な色をまとったきみはまるで、海の女神のようだ」

オスカリウスの賛辞に頬を染める。

あなたの瞳と同じ色だから――。

そう言いたいけれど、恥ずかしくて言えなくて、セラフィナはオスカリウスの華麗なリードでステップを踏む。

煌めく星々が息をひそめるまで、夜会は続けられた。


夜会から数日後――。

大公のオスカリウスが暴漢に襲われた事件において、かかわった人間の事情聴取が行われた。

従者の証言によると、黒のローブで顔を隠した何者かに百ロドンを渡され、宮殿の裏門を開けてから、オスカリウスを森へ誘い出してほしいという依頼を受けたという。

それ以外の詳しい事情について彼は知らなかったので、従者は謹慎処分とされた。

暴漢たちは街のごろつきで、大公を襲った罪により刑務所に収監された。彼らは従者の証言と同じく、黒いローブを着た見知らぬ者に、大公を痛めつけるよう金で雇われたと証言した。

彼らに依頼した黒い服の人物は何者か。

捜査が行われたが、手がかりがなく、犯人は捕まっていない。

オスカリウスは暴漢を返り討ちにしたので、大事には至らなかったこともあり、この一件はこれで収束すると思われた。

ティールームで紅茶を嗜《たしな》んでいたオスカリウスとセラフィナは、事件の顛末《てんまつ》について語った。

「おそらく、皇族に批判的な一部の人間が企んだことではないかな。俺を狙ったのは、どこかで皇配候補になったと知ったからかもしれない。今後は宮殿の警備を強化するから安心してほしい」

ティーカップをソーサーに戻したオスカリウスは微苦笑を浮かべる。

だがセラフィナには一抹の不安がある。

先日、クロード夫人はオスカリウスに証拠を掴まれて国外退去処分になった。

それを逆恨みした夫人の犯行ではないかという懸念がある。

けれど、夫人はすでにバランディン王国へ戻っているはずだ。衛兵に拘束されてから馬車へ乗せられるまでに、街のごろつきに連絡を取るような機会はない。

やはりオスカリウスの言うとおりだろう。

「あなたが無事でよかった。それに……夜会に来てくれて、嬉しかったわ」

安心したセラフィナの顔を、オスカリウスは目を細めて見つめる。

「ダンスを踊ることを約束したのだから、それを実行するのは当然だ。きみを悲しませたくなかった」

彼はもう、皇配候補の義務とは言わなかった。

オスカリウスの真摯な想いが伝わり、セラフィナは胸を熱くさせる。

ふたりは濃密に視線を絡ませる。

ぱちりと暖炉の炭が弾《はじ》ける音が鳴る。

それが合図のように、オスカリウスは唇に弧を描いた。

「近頃は顔色がだいぶよくなった。安心したよ」

「そうね。マイヤのおかげで三回の食事が取れているから、髪や肌が綺麗になったみたいなの」

皇国へ来たばかりの頃は、クロード夫人に食事を取り上げられ、わざとひっくり返されて食べさせてもらえなかった。

けれど今はそういった仕打ちを受けることはなくなった。マイヤに甲斐甲斐しく給仕してもらいながら、栄養のある食事がたっぷり取れている。

おかげで栗色の髪は艶々になり、かさついていた肌は瑞々しくなった。

人並みの量を食べることができるようになり、体力もついてきたセラフィナは、体の内側から輝いていた。これなら、いつ晩餐会に招待されても、恥ずかしくない姿を見せることができる。

「たくさん食べるといい。きみが皇国から来たときは、あまりにも痩身だったので驚いたよ」

「あの頃は……体が弱くて、あまり食べられなかったの」

今さらクロード夫人を庇う必要はないかもしれないが、事を荒立てないため、祖国での不遇は黙っていた。セラフィナは祖国にいたときから、硬いパンと冷めたスープしか与えられていなかった。

だが言わなくても、初めのセラフィナの格好を見たら、誰もが虐げられた王女だと気づくだろう。

双眸を細めたオスカリウスは黙していたけれど、すぐに笑みを向ける。

「では、俺の手からなら、食べてくれるだろうか」

「えっ？」

「薔薇園ではセラフィナの好きな色を聞いた。今度は、好きな食べ物を教えてほしい」

大理石のティーテーブルには、アフタヌーンティーセットが用意されている。

精緻な細工が施された銀の三段トレーには、上段にりんごのタルトや、前世でいう苺《いちご》のシュークリームなどのひとくちデザートがのせられ、中段にはマスカットのグラスジュレにオペラのケーキ、そして下段はフォアグラのムースとライ麦パンのサンドイッチというメニューだ。

さらにバスケットには温かいスコーンが盛られ、レモンカードとクロテッドクリームが添えられている。

彩り鮮やかなスイーツとセイボリーを、芳醇な紅茶とともにいただく優雅な時間だ。

セラフィナはこんなにも豪華な食事には未だに慣れなくて、どれが好きなのかもよくわからない。

「そうね……たくさんあって選べないわ。どれも好きよ」

正直に答えると、オスカリウスは衝撃を受けたように目を瞬かせる。

「……やはり、きみの口から、『好き』という台詞が出ると衝撃的だね」

「えっ？　なにか、おかしかったかしら」

苦笑したオスカリウスは首を左右に振った。

「いいや。とても可愛らしいと思ったんだ。セラフィナが『好き』と言ったのはケーキのことなのに、勘違いしてしまいそうだよ」

どういう意味なのかわからず、セラフィナは栗色の睫毛を瞬かせる。

その仕草を愛しげに見つめたオスカリウスは、上段の皿から苺のシュークリームを摘まんだ。

「きみに手ずから食べさせたい」

そっとセラフィナの口元に、シュークリームが寄せられる。

彼の大きな手に対比して、ひとくち大のシュークリームはとても小さく見えた。

セラフィナは、おずおずと口を開ける。

するとそこへ、柔らかなシュークリームの皮が触れた。口中にひとくちで入る大きさではあるのだが、口を閉じようとしたときに皮が破れてしまい、甘いクリームがまろびでる。

「あっ……」

咄嗟に顔を傾けたセラフィナは、オスカリウスの指についたクリームを啄《ついば》む。

クリームを落とさないようにという反射的な行動だったが、彼の指に唇が触れてしまった。

顔を真っ赤にしたセラフィナは身を引き、こくんとシュークリームを呑み込む。

「ご、ごめんなさい……」

「俺のほうこそ、すまない。わざとではない。誓って」

オスカリウスは表情を引きしめていたが、耳朶《みみたぶ》が赤くなっていた。

セラフィナの口の中に残ったクリームは、とてつもなく甘美だった。


アフタヌーンティーの優雅な時間を過ごしたあと、セラフィナはオスカリウスと別れるのが名残惜しくなる。

その気持ちを汲んだかのように、オスカリウスは優しい声をかけた。

「このあとは、薔薇園を散歩しないか？」

「ええ、ぜひ行きたいわ」

オスカリウスと薔薇園を散策できることは、セラフィナにとって最高の過ごし方だ。

エスコートするオスカリウスの肘に手をまわす。ふたりはすぐ近くの薔薇園へ向かって、ゆったりと歩みを進めた。

出会った頃は冷徹な雰囲気のオスカリウスだったが、様々なことを通して、彼との絆《きずな》が深まっている気がする。

それに彼は冷たい人ではなかった。愛想がないことが、すなわち心が冷たいとはならない。オスカリウスが本当は優しい心の持ち主であることは、彼の言動の端々から滲み出ている。

月城さんと似ているのは面差しだけかと思ったけど、やっぱり似ているわ……。

オスカリウスといると心が安らぐ。祖国では不遇だったセラフィナだが、今は幸せに包まれていた。

薔薇のアーチをくぐると、薔薇たちは穏やかな陽射しのもとで、華麗に咲き誇っている。

「また薔薇の花束をプレゼントしていいだろうか。今日は晴れているが、雨のときは散歩できないからね。天気がよくない日でも、きみに薔薇を愛《め》でてほしい」

「ええ、ぜひ。……前に贈ってもらった薔薇は片付けてしまったから……。でもカードは残っているの。とても嬉しかったわ」

「またカードを添えよう。愛の言葉を綴りたい」

嬉しくて胸がいっぱいになったセラフィナは、傍らのオスカリウスを見上げた。

彼の紺碧の双眸は、まるで恋をしているかのように、まっすぐにセラフィナへ向けられている。

どきどきと鼓動が高鳴る。

オスカリウスも、もしかして、私のことが好き……？

愛の言葉を綴りたい——。

それは皇配候補としての義務なのか、聞いてもいいだろうか。それとも彼の胸のうちに愛情が芽生えているということなのか。

もしオスカリウスと両想いだとしたら、どんなに幸せだろう。

そう思ったとき、道の向こうから真紅のジュストコールをまとった体躯のよい男性がやってくるのが目に入った。

エドアルド・ラヴロフスキー大公だ。

オスカリウスのいとこであるエドアルドとは、夜会で対面した以来である。

エドアルドの姿を目にしたオスカリウスは挨拶する。

「やあ、エドアルド」

だがエドアルドは、オスカリウスに冷たい視線を投げて黙殺する。

そして彼はセラフィナに優しい微笑を向けた。

「ごきげんよう、皇女殿下。夜会では不躾《ぶしつけ》な輩《やから》がいたため、ダンスに誘えず申し訳なかった」

「え……いえ、気にしてないわ。ラヴロフスキー大公」

不躾な輩とは、オスカリウスのことだろうか。

セラフィナには優しげなエドアルドだが、オスカリウスには手厳しいようだ。それにどうしても前世で会ったことがあるような気がして、どこかよくない印象があるため、警戒してしまう。

眦の切れ上がった精悍な顔をまっすぐに向けたエドアルドからは、雄の猛々《たけだけ》しさが溢れている。

「気さくにエドアルドと呼んでくれ。おれも皇女殿下とは呼ばず、セラフィナと名前で呼びたいが、よいだろうか」

「ええ、それはかまわないわ」

「ありがとう。おれがセラフィナの将来の伴侶となれるよう善処する」

「……えっ？」

将来の伴侶とは、どういうことだろうか。

セラフィナの皇配候補はオスカリウスなので、彼と結婚するのが定石ではないかと思うのだが。

眉をひそめたオスカリウスは、エドアルドに鋭い声をかけた。

「エドアルド。きみは皇配候補ではないだろう。セラフィナの将来の伴侶は俺だ」

「いいや。おれも審査を通って、第二皇配候補として認められたのだ。今後はオスカリウスにセラフィナを独占させるわけにはいかない」

エドアルドは眼差しを鋭くして、きっぱりと言い切る。

戸惑うセラフィナは、すいとエドアルドに空いたほうの手を取られた。セラフィナは、ふたりの男に触れていることになる。

オスカリウスは冷たい紺碧の双眸で、エドアルドの眼差しを受けた。

「第二皇配候補だと？　きみこそ、セラフィナを我が物のように扱わないでくれたまえ」

「おまえのものでもないだろう。無様に負けたら見苦しいだろうから、今のうちに身を引いたらどうだ」

「俺を侮辱する気か」

「ほかにどう聞こえたんだ」

ふたりの男はセラフィナを挟んで火花を散らす。

困ったセラフィナはどうにか場を収めようと、おそるおそる声をかけた。

「あの……皇配候補がふたりいることは、私は初耳だわ。詳細を宰相のアレクセイに確認してもいいかしら」

皇配候補が複数存在するという事態に混乱する。

女帝を交えて宰相のアレクセイから説明を受けたとき、確かに皇配候補がオスカリウスひとりだとは言っていなかったわけだが、詳しいことを訊ねる必要がありそうだ。

セラフィナの提案に、オスカリウスとエドアルドは頷いた。

「そうだね。俺もエドアルドが皇配候補として推挙されるかもしれないという噂は聞いていたのだが、正式に承認されたとは知らなかった」

オスカリウスは不安げなセラフィナの顔を覗きながら、「きみに心労をかけると思って、まだ話せていなかったんだ」と付け加えた。

「オスカリウスは自信がなかったのだろう。女帝陛下がもっとも信頼しているのは、おれだからな」

「なんだと？　きみは相変わらず傲慢だな」

「おまえこそ図々《ずうずう》しい。セラフィナから離れろ」

どうにもふたりは相性が悪いようで、すぐに睨み合ってしまう。

セラフィナは慌ててふたりの男の手を引き、宮殿へ戻った。

宰相の執務室を訪ねると、アレクセイは快く三人を迎えた。

「そろそろ、おいでになる頃だと思っていました。どうぞ、おかけください」

椅子を勧められたが、オスカリウスとエドアルドは握りしめたセラフィナの手をほどこうとしない。そのまま羅紗張りの長椅子に、三人並んで腰を下ろした。

滑稽にも見えるのだが、アレクセイは眉ひとつ動かさず、向かいの椅子に腰かける。

冷然としている宰相に、オスカリウスが口火を切る。

「エドアルドは第二皇配候補として認められたそうだが。どういうことか、詳しい説明を求める」

眼鏡のブリッジを指先で押し上げたアレクセイは、理知的な双眸を向けた。

「エドアルドさまは審査と審議会を通過し、セラフィナさまの第二皇配候補という地位を得ました。それは陛下が認めたことです」

女帝が認めたという発言に、オスカリウスは瞠目する。エドアルドは勝ち誇った笑みを見せた。

「待ってくれ。俺になんらかの落ち度があったというのか？」

「陛下はオスカリウスさまを信頼しておりますが、あくまでも皇配候補というわけでして。確実にセラフィナさまがご懐妊されるためにも、ほかの候補を挙げておくのは良策であると、わたくしも思います」

「つまり第二皇配候補を立てたのは、陛下のご意思なのか？」

「そのとおりです。陛下にお子様がいらっしゃらないゆえ、セラフィナさまを皇女に迎えるまで皇国の未来は不透明でした。今後は後継者を得るため盤石な状態にしておかなければならないと、陛下はお考えです」

言われてみると、夜会でのヴィクトーリヤは、セラフィナをダンスに誘うようにとエドアルドに命じていた。すでに彼を第二皇配候補にしようと考えていたのかもしれない。

これは婚約者がふたりいるという状態である。

つまりセラフィナが懐妊したら、その子どもの父親が自動的に皇配の地位を得るということなのだ。それはオスカリウスに限ったことではないというのが、アレクセイと女帝の見解である。

オスカリウスとエドアルドは犬猿の仲みたいなので、ふたりを争わせるような状態にすると揉め事が起こらないだろうか。

セラフィナは心配になるものの、競う相手がいてこそ、後継者を得られる可能性が高くなるという理屈を女帝は考えているのかもしれない。

オスカリウスは硬い表情で述べた。

「皇国の未来を万全なものとするためという陛下のお考えはわかった。だからこそ、俺に任せてほしい。俺は必ずセラフィナとの子をなす。その子に皇位継承の資格があれば、陛下もご安心になるだろう」

力強いオスカリウスの言葉に、セラフィナは胸の高鳴りを覚える。

だがアレクセイは真面目な表情で淡々と述べた。

「それはオスカリウスさまの決意ですので、実際にどうなるかわかりません。ですから我々も、こういった手段に出たわけです。幸い、エドアルドさまは第二皇配候補を快諾してくださいました」

エドアルドは悠々とした笑みを見せる。

彼にはオスカリウスを抑えて皇配になる自信があるようだ。

アレクセイは言葉を継ぐ。

「我が国では重婚は認められておりませんから、セラフィナさまにどちらかの皇配候補を選んでいただき、子をなしていただければよろしいわけです」

セラフィナがどちらかの男性を選ばなくてはならないのだ。

だけどセラフィナは誰とも交際したことはないし、キスすら未経験なのである。

それなのに子をなせと言われても困ってしまう。

「そう言われても……。エドアルドのことはなにも知らないし、ずっとオスカリウスが婚約者だと思っていたから、この状況にとても戸惑っているわ」

すかさずエドアルドが、セラフィナの顔を覗き込んだ。彼はセラフィナとつないだ手を強調するかのように、肩の高さまで掲げる。

「これから知ればいい。おれはオスカリウスより胆力がある。体は健康で頑丈。騎士の称号を有している」

「騎士の称号を持っているのは俺も同じだ。それに俺より胆力があるというのは主観でしかない」

ふたりは鋭い眼差しを交わす。

まるで氷と炎のようである。

「オスカリウスは子どもの頃、屋敷の庭でバッタから逃げ回っていたではないか。おれが、おまえを追いかけるバッタを捕まえてやったのを忘れたのか」

「忘れていたな。それを言うなら、きみは騎士団の訓練をさぼってパブに出入りし、父君に勘当されかけていた。俺が口添えして庇ってあげたのではなかったか」

「そんなことがあったのか。記憶にない。おれを貶《おとし》めるための虚言にしか聞こえないな」

「随分と都合のいい記憶力だ。二度は庇わないので、気をつけてくれ」

ふたりの大公の応酬は留まるところを知らない。

大公たちに挟まれているセラフィナは苦笑するしかない。

ふたりの黒歴史の暴露はどこか笑えるものなので聞いていて楽しいが、幼い頃から仲がよいのか悪いのかという間柄らしい。

嘆息したアレクセイが両手を掲げた。

「おふたりとも、そのくらいにしてください。いとこ同士なのですから、仲良くしていただけませんかね」

オスカリウスは眉をひそめる。

「それは難しい。昔からエドアルドとは相容《あいい》れないのだ」

エドアルドも、きつく眉根を寄せて顔を背けた。

「ライバルの皇配候補である限り、仲良くしろというのが無理な話だな」

ふたりの言い分を聞いたアレクセイは、深く頷く。

「ごもっともですね。今日のところは、おふたりとも帰っていただけますか？　わたくしがセラフィナさまと今後について相談いたしますので」

互いに目を合わせたオスカリウスとエドアルドだが、すぐに逸らす。

ふたりは握りしめたセラフィナの手に、それぞれ唇を落とした。

「セラフィナ。俺はいつも、きみを想っている。贈り物を楽しみにしていてくれ」

「おれからの贈り物も、すでに用意させてある。気に入ってくれるはずだ」

大公たちの競い合いに、セラフィナは困惑した。

これ以上、ふたりに言い争いをさせないためにも、ここは素直に頷いておいたほうがいいだろう。

「ええ……ありがとう、ふたりとも」

名残惜しげにセラフィナの手を離したふたりは同時に立ち上がる。

それぞれが執務室を退出したのを見計らい、アレクセイは口を開く。

「さて。それではおうかがいしますが、セラフィナさまとしては、どちらの皇配候補がお気に入りなのでしょうか」

「そう聞かれても困るわ……。ふたりはいとこなのよね。どちらを指名しても角が立ってしまうのではなくて？」

「セラフィナさまが気にすることはありません。あなたさまがもっとも優先すべきなのは、身ごもることです。そのためならばオスカリウスさま、もしくはエドアルドさまを夜伽《よとぎ》に指名するべきです」

「……夜伽って……」

セラフィナには未知の世界なので、どう捉えればよいのかもわからない。

それに、気に入ったという理由で軽々しくベッドに呼ぶ行為はどうなのかとも思う。

セラフィナが男女の営みにより身ごもったとしたら、その子の父親がアールクヴィスト皇国の皇配となる。国の将来に多大な影響を与えることになるのだ。そんな重大なことを簡単には決められない。

オスカリウスに好意を抱き、彼に恋心を持っていたが、そんなセラフィナの幸福感に昏《くら》い影が落とされた。

当たり前のことかもしれないが、オスカリウスはエドアルドが現れて敵対関係にあると知った途端、エドアルドに眼差しを注いだ。

セラフィナを無視したわけではないが、セラフィナより皇配という地位を重んじているように思ってしまう。

それはエドアルドも同じだろう。

互いに負けたくないというライバル意識が働き、それが目的のようになってしまっているのはセラフィナの考えすぎだろうか。

それに喧嘩しているふたりを見て、ふと既視感がよぎる。

なんだか前世でもこんなことがあったような……？

オスカリウスがセラフィナを気遣うのは、すべて皇配になるためなのだろうか。

彼に真心があると思いたい。疑うなんてしたくない。

だが、祖国では虐げられてきたセラフィナが、急に誰かに愛されるなんて、やはりありえないことだったのではという思いが脳裏を掠める。恵まれなかったこれまでの人生が悲しみの棘となり、深々と突き刺さった。

肩を落としているセラフィナに、アレクセイは冷静に述べる。

「すぐに夜伽を行うのは難しそうですね。場合によっては第三、第四の候補者も選定するつもりでしたが、セラフィナさまは奥手のようで。男性に囲まれて愛されるのは気分よくありませんか？」

「気分よくないわよ……。皇配候補者が複数いると、オスカリウスとエドアルドのように争う関係になってしまう。彼らが憎み合うなんて見ていたくないわ」

「そうはおっしゃいましても、陛下がお決めになった方針ですからね。ご存知かもしれませんが、陛下は今もご自身の皇配を慈しんではおられますが、男女の関係ではありませんでした。ほかに皇配候補がいたならば、実子の後継者を持てたかもしれません。セラフィナさまに同じ轍《てつ》を踏《ふ》ませないようにとの配慮なのです」

女帝の憂慮を察して、セラフィナは頷いた。

セラフィナになんとしても子を授かってもらいたいと、女帝は気にかけているのだ。養子とはいえ、娘が結婚して子を産むという幸せを願うのは、母親として当然かもしれない。

かといって、どちらかの皇配候補を指名して夜伽を行うだなんて、考えられなかった。なにしろ前世でも、男性に言い寄られた経験などないのである。しかもふたり同時に迫られるなんて、どうしたらいいのかわからない。

表情を曇らせるセラフィナに、アレクセイはぐさりと釘を刺した。

「できるだけ早く、ご懐妊なされませ。陛下の気はそんなに長くありません。結果を出さなければ、セラフィナさまは次の女帝になれないのですから」

それは、セラフィナが懐妊しなければ、帝位継承者の地位を剥奪《はくだつ》されかねないと示唆しているのだ。

もし懐妊しなかったときには、女帝になれない。

すぐにでも結果を出すことを求められ、セラフィナは重い溜息を吐いた。

第四章　覚醒した魔法

　とある日、セラフィナはオスカリウスとふたりで辺境の村へ視察に出かけることになった。

　広大なアールクヴィスト皇国は、ほとんどが雪と氷で覆われた極寒の地だ。

　将来の統治者として、厳しい自然の中で暮らす国民の声を聞くのは必要なことである。セラフィナとしても皇国を知るために、ぜひとも視察したいと望んだ。

　だが皇女として大勢の従者を連れ歩いては仰々しいので、オスカリウスとふたりきりだ。エドアルドも同行すると強く求めていたが、彼はセラフィナたちとは逆方向の村から魔物討伐の要請があり、騎士団員たちと向かっていった。

　馬車に揺られながら、セラフィナは車窓から望む雄大な風景に目を細める。一面が雪と氷に覆われた銀世界だ。

「オスカリウスは魔物に遭遇したことあるの？」

　バランディン王国では魔物を見たことがなかった。でも、この世界には一定の地域に魔物と呼ばれる凶暴な種族が存在しているのだ。

書物に描かれた魔物は狼よりも巨大で、獰猛《どうもう》な牙と爪を持っていた。人里に現れることはほとんどないそうだが、人間が太刀打ちできないほどの危険な生物だという。

向かいの席に腰かけたオスカリウスは漆黒のコートに身を包んでいた。

彼が頷くと、コートの立て襟につけられた騎士の紋章が、きらりと輝く。

「何度もあるよ。前回のシーズンは俺が騎士団を率いて魔物討伐に赴いた。エドアルドとは領邦が違うので所属する騎士団も別だが、魔物討伐は共通する任務だ。討伐要請は騎士団にたびたび入るからね」

オスカリウスの説明によると、彼の所属するのは白銀騎士団《はくぎんきしだん》であり、エドアルドは赤銅騎士団《しゃくどうきしだん》だという。マイヤの聖女騎士団なども含めて、皇国には複数の騎士団があり、それぞれ重要な任務を追っているのだそう。

「そうなのね。エドアルドたち騎士団員は大丈夫かしら……」

「エドアルドの心配か……」

オスカリウスは少しだけ肩を落とし、紺碧の双眸が半眼になる。

まるでしょげた大型犬のような憐憫さを誘い、セラフィナは微苦笑を零した。

「そういうわけじゃないの。騎士団のみなさんを心配しているのよ。だって、魔物はとても凶暴なのでしょう?」

「うむ。魔物が本気で襲いかかってきたら、丸腰の人間はひとたまりもない。近年は魔物の数が増加したため群れを追われる者が多いらしく、遭遇率は上がっている。騎士団は万全な態勢で対応している」

これから向かう辺境の村にも、魔物が出現するのだろうか。

ふと空を見やると、曇天から雪がちらほら降ってきた。

首都を出立したときは晴れていたのだが、冬の天気は変わりやすい。

「雪が降ってきたわね」

「今夜は積もりそうだな。もうすぐ宿屋に到着する。そこで一晩を過ごして、明日にはヤクーノフ村に着くよ」

目的地のヤクーノフ村までは遠いので、宿屋に泊まることが予定に組まれていた。騎士団が遠征のときに利用する御用達の宿屋はオスカリウスのお薦めなので、セラフィナはとても楽しみにしていた。

やがて荒涼とした地を越え、馬車は宿屋に到着する。

まだ夕暮れの時刻ではないのだが、辺りはすでに薄暗さが漂う。

オスカリウスにエスコートされて馬車から降りると、息が真っ白になった。

「首都よりも気温が低いから、夜はかなり冷える。寒いかい?」

「いいえ。平気よ」

無理をしているわけではなかった。

祖国の夜のほうが暖かかったはずなのに、あのときは凍えるほど寒かった。だけど今はオスカリウスがそばにいて、彼に手を取られていると、体の芯から温まるような気がする。

ふたりが宿屋に入ると、宿の主人とその妻が出迎えた。

慇懃な礼をした夫妻に部屋へ案内される。

階段を上った二階の突き当たりの扉を開けた主人は「こちらになります」と言って、ふたりの荷物を下ろした。

部屋を見たセラフィナは睫毛を瞬かせる。

室内にはベッドがひとつしかない。

オスカリウスはここととは別の部屋に泊まるのだろうか。それにしても主人はふたりの荷物を同じ場所に置いているが。

「それではお食事まで、ゆるりとお過ごしください、皇女殿下。それからレシェートニコフ大公」

「え、ええ……」

宿の主人はなにも疑問に思っていないようで、礼をすると一階へ戻っていった。

オスカリウスは黙然としてコートを脱ぐと、腰に帯びた剣を吊っているベルトを調整している。

室内には暖炉があり、炭が赤々と燃えている。

マイヤがおらず、ふたりきりなので、セラフィナの支度を手伝う侍女はいない。それもセラフィナが自ら支度を行うので平気だからと、同行を断ったのだ。

水色のコートを脱ごうとして、襟元のファーに手をかける。

すると、オスカリウスが音もなく背後に立った。

彼は大きな手をまわして、セラフィナの胸元に触れる。

そこにホックがあるからで、彼の手は肌には触れていない。

だけどなぜか、どきどきと胸が高鳴ってしまう。ことさらに背後のオスカリウスを意識した。

彼が器用にホックを外し、呼気を吐く。

ひとつひとつの挙動が妙に気になってしまい、緊張したセラフィナは息を詰める。

ふわりとファーが首元を離れていき、コートが脱がされる。

ハンガーにふたり分のコートをかけているオスカリウスの背中に、セラフィナは声をかけた。

「あの……オスカリウス」

「なにかな？」

「……もしかして、ふたりでこの部屋を使うのかしら」

コートをしまったオスカリウスがこちらを振り向く。

彼は冷然とした紺碧の双眸を向けてきた。

だがその顔はどこか強張《こわば》っているように見える。

「そうだね。予約したときから、一部屋しか空きがないとのことだった。我々は婚約者なので問題ないと伝えた」

「……そうなのね」

彼の言うとおり、ふたりは婚約者なので同室でも問題ないわけである。

ベッドがひとつしかないのは、空いている部屋がここしかなかったからだろう。

部屋に空きがないのなら仕方ない。極寒の辺境の地では、野宿するわけにはいかないので、人々が身を寄せ合って眠るのは通常のことなのだ。

それを証明するかのように、オスカリウスは問い返す。

「なにか問題があるだろうか」

「いいえ。なにもないわ」

セラフィナはそう答えた。

ただ、そこはかとない羞恥があるだけ。

ということは、夜はひとつのベッドで眠るのよね……。

オスカリウスはなんとも思っていないのだろうか。

確かに婚約者ではあるのだけれど、ふたりは未だ手をつなぐぐらいの触れ合いしかない。あとはティータイムのときに、クリームを舐めようとして、彼の指に唇が触れたとか。

それも恥ずかしくて、互いにぎこちなくなっていた。

帝位を継承する条件には懐妊が含まれている。

今夜、オスカリウスに抱かれて妊娠することも、あるのかもしれない。

想像すると恥ずかしくて顔が熱くなってしまう。

セラフィナは室内の椅子に腰かけて、緊張に身を強張らせた。意識してしまい、オスカリウスを見ることができない。

窓辺に立って外の雪景色を眺めていたオスカリウスは、つと振り向く。

「明日は……けっこう雪が積もりそうだ」

「ええ……そうね」

その会話は先ほどもしたような気がするが、セラフィナはぎこちなく頷く。

ぎしりと固まって、人形のごとく椅子に座っているセラフィナを見たオスカリウスは銀色の睫毛を瞬かせた。

「俺もヤクーノフ村を訪れるのは初めてなんだ。近くまでは行ったことがある」

「そ、そうなのね」

どうにも話が広がらない。セラフィナは緊張しすぎて、もはや相づちを打つことしかできない。この部屋に入る前までは、オスカリウスと自然に話せていたはずなのに。

ふたりは互いに目を合わせては逸らすことを繰り返した。

オスカリウスが軽く咳払いをすると、それを最後に会話はなくなり、沈黙が流れた。

しんしんと音もなく雪は降り積もっていく。

馬車を引いてきた馬が、ブルル……と鳴く声が宿の小屋から聞こえてきた。

それほど白銀の世界は静かで、室内には沈黙が横たわっていた。

やがて夕食の時間になり、一階の食堂に下りる。

ふたりは大きなテーブルの隣同士の席に座った。ほかの宿泊客も同じテーブルに着いて食事をする形式だ。宮殿では皇族のみで食事をするが、地方の宿は暖房代の節約のためにもこぢんまりとしたログハウスなので、テーブルを分ける余裕がない。

「旅人と情報交換をするのも、大切な視察のうちなのだ。食卓をともにするのは、決して皇族への礼を欠いているというわけではない」

「ええ、わかっているわ。みなさんとお話しするのを楽しみにしていたの」

オスカリウスは安堵の笑みを向けた。

先ほどふたりの間に漂った気まずさは消えていたので、セラフィナもほっとする。

南の都市から動物の生態を調査しに来たという男性たちは、セラフィナとオスカリウスに慇懃な礼をして席に着いた。

テーブルには牛肉のスープと白身魚の塩漬けが並ぶ。

極寒の地では耕作が行えないので、川から採れる魚や牛馬などの動物が貴重なタンパク源だ。

パンを千切りながら、オスカリウスは地質の調査をする団員たちと会話を交わした。

彼らの話によると、この辺りには不穏な状況が見られるという。

「狼や熊の死骸が散見されました。爪や牙でつけられた裂傷が致命傷になったと思われます」

「ふむ。仲間同士の諍いか？」

「そのようですが、魔物の仕業かもしれないという意見も我々のチームからは出ています」

「魔物か……。今年はこの辺りで目撃情報はなかったはずだが」

「それが――あっ、申し訳ありません。皇女殿下がいらっしゃるのに、このような血なまぐさい話ばかりしてしまいまして」

スープを飲みながら話を聞いていたセラフィナに、男性が頭を下げる。

セラフィナは慌てて手を振った。

「いいえ、かまわないわ。私もその話にとても興味があるの。ぜひ聞かせてちょうだい」

「そうですか。それでは――」

魔物は氷に覆われた奥深くの地に棲《す》んでいるが、数が増えたなどの理由で人里に近づいてきた個体がいるのではないかと思うと男性は話した。だが調査団は魔物については専門外であり、遭遇したら戦うことはできないので、この件は騎士団へ任せるという。

オスカリウスはしっかりと頷いた。

「その件は陛下と騎士団に報告しておこう。もし本当に魔物の仕業だとしたら、放っておくわけにはいかない」

彼は険しい表情で、報告することを調査団に約束した。

調査団の面々は深く頭を垂れる。

そうして食事は終わり、宿屋の主人は苦笑しながら食器を片付けた。

「やれやれ。物騒になりましたな。まあ、この辺りは魔物なんて出ませんよ。わたしは生まれてからずっとここで暮らしてますが、見たことありませんからね」

安心させるように明るく言う主人は食後のお茶を用意する。

温かい紅茶を飲んだセラフィナは、頷きを返した。


食事を終えてから部屋へ戻り、バスルームで体を洗い流す。

寝巻に着替えたセラフィナがバスルームの扉を開けると、オスカリウスは携帯用の砥石《といし》を手にして剣を研いでいた。

シュッ、シュッ……と鋭い音が室内に響く。

無心で剣を研いでいるオスカリウスの邪魔をしないために、セラフィナは音を立てないように歩き、椅子に腰を下ろした。

一心に剣の手入れをしている彼を、じっと見つめる。

なにかに打ち込んでいるオスカリウスの姿はとても清廉だ。

紺碧の瞳に映る鋼が、彼の強靱な精神を表しているようで、セラフィナは目を奪われた。

研磨したあとの刃を羊毛で拭くと、オスカリウスはつと顔を上げる。

「セラフィナ。湯冷めするといけない。ベッドに入りたまえ」

「え、ええ……。剣の手入れはもういいの？」

ベッドに入れと言われて、忘れかけていたことがよみがえり、セラフィナは戸惑った。

まさか、夜伽は……するのかしら？

意識すると、どきどきと胸が高鳴ってしまう。

だけどふたりは世間一般の婚約者とは異なる。宮廷の許可を取っていないし、セラフィナはオスカリウスを皇配にすると宣言してもいない。

それらを無視して関係を持ってもよいものだろうか。

悩んでいると、剣を鞘《さや》に収めたオスカリウスは腰を上げた。

「ああ、もう終わったよ。では俺もバスルームを使おう」

「ええ……どうぞ」

平然とした足取りでバスルームに入っていく彼の背を見送る。

オスカリウスはなにも悩んでいないように思えるが、どう考えているのだろうか。

もし彼に求められたなら、きっと断らないだろうとセラフィナは思う。

それほどオスカリウスに惹かれていた。

初めは冷たい人かと思っていたが、今はそう考えていない。彼は心優しくて、聡明な男性だ。

だけど、その想いを伝えたわけではないので、オスカリウスはセラフィナの好意を感じ取っていないかもしれない。

好き――と、言ってもいいのかしら……。

どういったタイミングで言えばよいのかわからない。

ベッドの中で言うなんて、どうなのだろう。それに今は視察へ向かう最中だ。大切な視察なのに、恋愛に気を取られていてもいいのか。

恋心と皇女としての立場がせめぎ合う。

悩んでいると、ぶるりと体が震えた。

いけない。体が冷えないうちに、ベッドに入らないと。

椅子から立ち上がったセラフィナは、布団をめくってベッドに体をもぐり込ませた。

ひとつしかないベッドだが、ふたりで寝るには充分な広さだ。

端に寄ったセラフィナは、オスカリウスが寝そべるスペースを空けた。

どきどきしながら、彼が戻るのを待つ。

やがて、バスルームからの音がやんだ。

扉を開けて出てきたオスカリウスは寝巻のローブに着替えている。

濡《ぬ》れた白銀の髪が額に落ちかかっていて、色香を感じさせた。

彼はベッドから少し離れた位置に立つと、セラフィナに声をかけた。

「俺は床で寝よう」

「えっ？」

思わずセラフィナは目を瞬かせる。

ベッドがひとつしかないため、彼はもとから床で寝るつもりだったらしい。

だけど暖炉があるとはいえ、極寒の夜に床で寝るなんて、風邪を引いてしまうのではないか。

ベッドに起き上がったセラフィナは懸命に言った。

「床で寝たら風邪を引いてしまうわ。ベッドで一緒に寝ましょう」

彼の体調を考えてのことだ。

だが瞠目したオスカリウスは、わずかに動揺を見せる。

「俺は、男なんだ。同じベッドで寝たら、きみになにもしないと言える自信がない」

かぁっと、セラフィナの頬が朱に染まる。

オスカリウスは、セラフィナを抱くかもしれないと言っているのだ。

セラフィナとしてはそんなつもりはなかったのだが、誘ったように聞こえたのかもしれない。

女として見られていると知り、胸が弾んでしまう。

これまでは、オスカリウスとエドアルドが競い合いの賞品みたいに自分を思っているのではないか、と少し不安があった。でも、その不安をオスカリウスがこうして払拭してくれた。もし彼の目的が皇配だとしたら、ここでセラフィナとの夜伽の機会を逃《のが》す選択はしないだろう。事実関係を持って、自分こそ皇配だと主張して然るべきだ。

彼は地位が目的なのではなく、私を気遣ってくれている……。

なにかあってもいいと思えるほど、恋心は駆けていた。

セラフィナは顔を赤くして、うろうろと視線をさまよわせる。

「あ、あの……私たちは婚約者だから、その……」

「待ってくれ。セラフィナに言わせるつもりはない。きみを抱くという言葉は、俺のほうから改めて言わせてくれ」

改めて、というひとことに、今夜はそのつもりはないと彼が考えていることが受け取れた。

心の底で落胆していることにセラフィナは戸惑うが、それでいいのかもしれない。オスカリウスは決心を固めてから事に及ぶと決めているのだ。告白すらしていないのに、なし崩しに関係を持つのは、やはりよくない。

「そうね。でも、今夜はどうしてもベッドで眠ってほしいわ。あなたの体が心配なの。私は端で背中を向けているわ。それなら大丈夫でしょう？」

「……そこまで言わせては、断るわけにはいかないな。俺が背中を向けて寝るから、セラフィナは自由な体勢で寝るといい」

そう言ったオスカリウスは、ベッドに入ってきた。

背を向けた彼の隣に、セラフィナは横たわる。

なんだか寂しい気もするけれど、彼はセラフィナを拒絶しているわけではなく、手を出さないよう耐えているのだと自分に言い聞かせた。

かすかな衣擦《きぬず》れの音が、やたらと響く。

仰向けになって天井を見つめたセラフィナだが、緊張して眠れそうになかった。

すぐそばにいるオスカリウスの存在を意識してしまい、目が冴《さ》えている。

「……そういえば、セラフィナの胸の痣だが……」

オスカリウスの低い声が鼓膜を撫でる。

ふと彼の広い背に視線をやった。

「ん……聖女と同じ痣なのよね？」

「うむ。聖女が行った改革の基礎は、前世の記憶から導き出したものだというんだ」

どきりとしたセラフィナは、肩を揺らす。

ヴィクトーリヤから『千年に一度だけ、前世の記憶を持つ聖女が現れる』という伝説を聞いたが、やはり聖女は転生者だったようだ。

「そうなのね……前世の……」

転生した聖女は初代女帝となり、アールクヴィスト皇国を統治した。

セラフィナも彼女と同じ命運を辿るかはわからないが、前世の記憶を役に立てることができたら素晴らしい。

前世のことは隠すものではないので、セラフィナは正直に伝えた。

「……実は、私にも前世の記憶があるの。でも、立派な人生ではないわ。前世の私は瀬良雪菜という名前で、ふつうの人間だった。恋愛もせずに仕事ばかりで、子犬を庇って車に轢かれて死んだ……と思うわ」

「……もしかするとその子犬は、ルカに似ているのでは？」

皇国に来たときも思ったが、確かにそのとおりなのだ。

ただし、ルカは成犬であり、助けたのは子犬である。

「似ているわね……。ツヤツヤの黒い毛に、尖った耳、ブルーの瞳……私は死んだあと、もしかしたらルカにこの世界に連れてこられたのかもしれないわ」

「そうかもしれない。ルカは単なる狼ではない。女帝の相棒となるべく生まれた聖獣なのだ。我々には言葉が理解できないが、聖獣は様々な能力を持っている」

オスカリウスの説明に納得する。

そうすると、自分は正確には死んだのではないかもしれない。

転生して、こちらの世界で人生をやり直すチャンスを聖獣のルカから与えられたのかもしれなかった。

思い返してみると、前世はつまらない人生だった。大恋愛のひとつでも経験できていたらよかったのに。

雪菜の最期の日に、月城が声をかけてくれたことが脳裏をよぎる。

彼は食事に誘ってくれた。雪菜に好意を抱いているのではというのは考えすぎかもしれないが、どうせあの日に死んでしまうなら、頷いておけばよかった。

今世では後悔のない人生にしたいけれど、結局は自分が変わらなければ、似たような運命を辿るのだろうか。

そんなことを考えているうちに、瞼が重くなる。

今日は移動が長かったので体は疲れているようだ。

夢うつつの中で、オスカリウスの言葉を思い出す。

――きみにまだ言っていないことがある。きみがここに来た初日に言っていた……ツキシロのことだ。

あれは、なにを言いたかったのだろう。

聞かないと……今世では、後悔しないように……。

セラフィナはゆったりと、眠りの沼に沈んでいく。

◆

すうすうと寝息を零す音を耳にしたオスカリウスは、そっと身を起こした。

安らかに眠っているセラフィナの首元まで、毛布を引き上げる。

彼女の優しさに触れて、感激した。

セラフィナから「ベッドで一緒に寝ましょう」と言われたときは一瞬、誘われているのかと思ってしまった。

だがそういうわけではなく、彼女は床で寝たらオスカリウスが風邪を引いてしまうのではないかと、体を気遣ってくれたのだ。

その思いやりに胸が打たれた。

さらに彼女は、前世のことを素直に答えてくれた。

セラフィナは、オスカリウスが月城についてなにか隠していると気づいているはずなのに、それを追及せず、自分のことを話してくれたのだ。

なんという実直さだろう。

前世でも御曹司という身分だったオスカリウスは、女性は身分や金目当てという見方があったが、やはり彼女は違う。

オスカリウスを心から気遣い、思いやりをもって接してくれる。

セラフィナの寝顔を見ながら、小さくつぶやいた。

「きみは、瀬良雪菜だったときから変わらない……」

今世こそ、彼女と結ばれたい。

だがそれには、まずオスカリウスの前世が月城リオンだと打ち明けなければならない。

瀬良雪菜は、月城に興味がなかったはずだ。オスカリウスが月城の転移した姿だという事実をセラフィナが許容してくれた上で、ようやく想いを伝えることができる。

問題はそれだけではない。

エドアルドと決着をつけて、正式にセラフィナの皇配として選ばれなければ、ふたりが結ばれることは叶わないだろう。

どうやってここに辿り着いたのか知らないが、エドアルドも前世で彼女を狙っていた。彼がオスカリウスに明かすことはないが、エドアルドも前世の記憶があるのだと、言動の端々から確信を得ている。

決してセラフィナを譲ることなどできないが、正式な承認を得ないまま、そして彼女の気持ちを確かめないままに抱いてしまうことは本意ではない。

だから今夜はセラフィナを抱けなかった。

彼女の滑らかな頬を目にしたオスカリウスは、ぐっとこらえる。

枕に頭を預けて目を閉じるが、一向に眠気は訪れない。

前世から愛する女性が隣に寝ているのに、なにもできないとは、拷問でしかなかった。

ふいに、セラフィナの唇から寝言が零れる。

「月……城、さ……ん」

彼女の心の中に、月城がいるのだろうか。

オスカリウスはそっとセラフィナの額にくちづけた。

いずれ、きみに真実を打ち明けよう。

紺碧の瞳は茫洋な夜空のごとく、どこまでも深く澄み渡っていた。

◆

翌朝、ふたりはヤクーノフ村へ向けて出立した。

調査団は南へ帰郷するので、彼らとはここで別れる。

宿屋の主人に見送られ、馬車は凍《い》てつく大地を進んでいく。

「昨日はぐっすり眠れたわ。オスカリウスの体調はどうかしら」

「万全だ。俺もよく眠れたよ」

そう言って苦笑を零したオスカリウスだが、目元には薄らと隈が浮かんでいた。

セラフィナは旅の疲れからか熟睡してしまったが、もしかして彼はセラフィナを気遣って無理な姿勢を取ったりして、よく眠れなかったのだろうか。

セラフィナがベッドから起き上がったとき、すでにオスカリウスの姿はなく、彼は宿の外で雪かきの手伝いをしていた。

爽やかに笑ってシャベルを操る彼の姿を見たセラフィナは、昨夜の戸惑いなんて吹き飛んでしまった。

朝は快晴だったのだが、澄み渡っていた空はやがて雲に覆われる。

空から雪が舞い降りてきた。

車窓を眺めていたオスカリウスは、ふとつぶやく。

「風が出てきたな」

雪が風によって踊っているのが見える。

一面が灰色に染まった景色の中で、それは不穏なものに感じた。

そのとき、風の唸《うな》り声に混じり、獰猛な獣の声が耳に届く。

「あら……？」

馬の鳴き声とは違う。

気のせいかとも思ったが、オスカリウスも反応した。

彼は鋭い目つきで外を見つめる。

「今、獣の声がしたな」

「私も聞こえたわ。狼かしら」

ヤクーノフ村はまだ先だ。村から遠いので、氷原に獣がいてもおかしくないが、遠《とお》吠《ぼ》えとは違うような気がして、胸がざわめく。

耳を澄ましていると、風にのって女性の悲鳴が聞こえた。

はっとしたセラフィナは、オスカリウスと顔を見合わせる。

「悲鳴だわ！」

「大変だ。助けに行こう」

オスカリウスは御者に指示を出す。

馬車は向きを変えた。

悲鳴が聞こえた方向へ進んでいくと、吹雪は激しくなる。前が見えず、馬車は速度を落とした。

「あそこだわ！」

氷原に黒い影が見えた。

オスカリウスが剣柄に手をかけながら馬車から降りる。駆けていく彼に続いて、セラフィナも走った。

「セラフィナ、きみは馬車の中にいるんだ」

「いいえ、私も行くわ」

誰かが危険な目に遭っているかもしれないときに、馬車で待っているなんてできそうにない。

獣の咆哮《ほうこう》と悲鳴は次第に近づく。

オスカリウスは剣を抜いた。

彼は走りながらセラフィナに声をかける。

「わかった。きみは必ず俺が守る」

その声は切迫の色を帯びていた。

セラフィナは頷きを返す。胸元の痣が、かすかに光っていた。

ふたりが黒い影のほうへ駆けていくと、吹雪の中から逃げてきたと思《おぼ》しき女性が現れる。

「大丈夫ですか⁉」

「た、助けて！　子どもが……魔物に……」

オスカリウスは女性がやってきた方角へ駆け出した。セラフィナも女性を後ろに庇いながら、あとを追う。

獣の咆哮が轟《とどろ》く。

吹雪をかき分けるようにして辿り着くと、漆黒の獣が牙を剥《む》いていた。

それは狼より遥かに巨躯《きょく》だった。

……これが魔物なんだわ。

人間よりも大きな魔物の鋭い爪と牙が、獰猛に光っている。

魔物は子どもを抱いて逃げ惑う男性を捕らえようとしていた。

「危ない！」

叫んだオスカリウスは剣を掲げる。

こちらに気づいた男性は子どもだけを逃がすように、差し出した。

だがその瞬間、腕を振り上げた魔物の爪が、男性のコートを引っかく。

オスカリウスは空いた手で子どもを引き寄せた。その子をセラフィナが受け取る。

転倒した男性の体に、魔物が覆いかぶさる。

一閃《いっせん》が走る。

オスカリウスの放った斬撃が魔物を怯ませた。

「早く逃げるんだ！」
オスカリウスの声に、男性は慌てて体を起こす。
男性を庇ったため、オスカリウスの腕に裂傷がついていた。
逃げた男性はセラフィナの後ろにいた女性と手を取り合った。
どうやらふたりは夫婦で、子どもを連れていたところを襲われたようだ。
女性に子どもを渡すと、母親の腕の中に戻った男の子は弾けるように泣き出した。
恐ろしい目に遭ったが、助かったとわかり安心したのだろう。
振り返ると、オスカリウスは魔物と対峙《たいじ》していた。
唸り声を上げた魔物は、剣をかまえたオスカリウスと睨み合っている。
巨体が跳躍した。
襲いかかってきた魔物の爪を、剣が弾く。
間髪入れず、斬撃が繰り出される。
魔物の体から血飛沫《ちしぶき》が上がった。
「グオオォォ……！」
凍てつく大地に絶叫が響き渡る。
だが致命傷というほどではない。

血を流した魔物はぎらつく目をオスカリウスに向けた。

突進した魔物が牙を剥く。

だがオスカリウスは逃げようとしない。

手負いの状態にもかかわらず、彼は魔物にとどめを刺そうと、剣を手にして果敢に立ち向かった。

「オスカリウス！」

危険だ。

彼は命を懸けて魔物を仕留めようとしている。

オスカリウスの名を叫んだ刹那、胸の痣が光り輝く。

紺碧の雪の結晶が浮かび上がる。セラフィナは体の奥底から、漲《みなぎ》る力を感じた。

オスカリウスを、助けたい――。

その一心で、両手を天に捧げる。

すると、セラフィナの周囲の吹雪が、ぴたりと止まった。

大地から氷のかけらが浮上する。雪と氷の粒が、猛然と魔物めがけて吹きつける。

視界を奪われた魔物は咄嗟に足を止めた。

「ギャウン！」

大地を転げ回るが、氷は魔物にまとわりつくように離れない。
転がる魔物がセラフィナに向かってくる。
だがセラフィナは魔法の発動を止めなかった。
「セラフィナ、危ない！」
傷ついた腕を庇いながらオスカリウスがこちらに向かってこようとしたとき。
大きな黒い影がセラフィナの前に突如として現れる。
「ルカ！」
漆黒の毛を逆立てたルカは、まっすぐに魔物に対峙する。
「ウギャウゥ……！」
魔物に飛びかかったルカは、巨体を絡み合わせながら牙と爪で攻撃する。
やがて勝ち目がないと悟ったらしい魔物は一目散に逃げていった。
血痕を残していく魔物の姿が小さくなる。
ほっとしたセラフィナは手を下ろす。
あれほど猛威を振るっていた吹雪は静かになった。
風がやみ、しんしんと雪は音もなく降り積もる。
息を吐いたオスカリウスは剣を収めた。

「ありがとう、セラフィナ。助かったよ」

「よかったわ。オスカリウスが無事で……」

魔物を撃退できたのだ。

一時はどうなることかと思ったが、ルカとオスカリウスに助けられた。

戻ってきたルカは、どうだというような得意顔をして、セラフィナの前にお座りをする。

「ありがとう、ルカ。私たちの様子を見に来てくれたの？」

「クゥン。ワウ、アウン」

セラフィナには言葉はわからないが、女帝の命令なのかもしれない。

背後で怯えている家族に、セラフィナは説明した。

「安心してちょうだい。この狼は魔物ではないの。女帝陛下の聖獣よ」

呆然としていた夫婦は、セラフィナに言う。

「聖獣と氷を操った……。あなたは、伝説の聖女さまですか？」

はっとしたセラフィナは、無意識のうちに魔法を発動させたことに気づいた。

これまではわずかな雪を踊らせるくらいしかできなかった。それなのに、魔物を追い払うほどの雪と氷を操れたなんて、自分でも驚く。

「聖女かどうかはともかく……私は皇女のセラフィナよ」

「皇女殿下……！　お目にかかれて光栄です。助けていただき、ありがとうございました」

平伏する夫婦にセラフィナは手を差し伸べる。

彼らに怪我はないようなのでよかったが、ほかの獣が血の臭いを嗅ぎつけてこないうちに移動するべきだろう。

「馬車で送りましょう。あなたがたはこの近くに住んでいるのかしら？」

「わたしどもは、ヤクーノフ村の住人です。隣村に住む病気の親戚を見舞って、村へ帰るところでした」

なんと彼らは、セラフィナたちが向かう予定のヤクーノフ村の村人だった。

彼らを馬車に案内して、ともに乗り込む。

「ワウ、バウ」

なにかを言い残したルカは首都への道を駆けていく。

腕に布を巻いて止血を施したオスカリウスとともに、ルカの黒い背を見送った。

先に戻って陛下に報告する、と言った気がする。ルカはひとりで帰れるだろう。

「オスカリウス、村に着いたら怪我の手当てをしましょう」

「たいしたことはない。それより——きみたちはどうして魔物に遭遇したのだ？」

助けた家族に話を聞くと、近道をしようとしたら吹雪で迷い、そこに魔物が現れたのだという。

セラフィナたちがこれからヤクーノフ村に視察へ赴くところだと話すと、彼らはとても驚いた。

「ヤクーノフ村は辺鄙《へんぴ》なところでして、皇族の方が視察に訪れるなんて初めてのことです」

「そうなのね。どんな村なのかしら？」

「はあ……どんなと言われましても……なにもない村でございます」

鉱山などの資源はないので、人の往来はほとんどないと聞いている。村人は細々と生活しているようだ。

天候が回復したため、馬車は順調に進んだ。

針葉樹の林を抜けると、やがてヤクーノフ村が見えてくる。

村の入り口では、刺繍が施された厚手のコートに毛皮の帽子をかぶった老齢の男性が立っていた。まるで雪だるまのように着膨れしている。

とても派手な衣装だが、寒い屋外に立っているには、あのくらい厚着しなければ耐えられないのだろう。

「あの者は村長です。あれは旅人を歓迎するときに着る伝統的な装束なのです」

「そうなのね。とても素敵な衣装だわ」

父親の説明に、セラフィナは頷く。セラフィナたちが視察へ行くことは宮廷から通達されているので、歓迎してくれるのだろう。

村の入り口に馬車は停《と》まる。

オスカリウスに手を取られて馬車から降りると、村長が挨拶した。

「ようこそ、ヤクーノフ村へ。わたしが村長のボリセンコでございます。皇女殿下と大公殿下が視察されるとのこと、村役場全員で歓迎いたします」

村役場全員だそうだが、ボリセンコ村長のほかには二名の男性が立っているだけだ。

三人で役場のすべての仕事をこなしているらしい。

「歓迎していただき、感謝します。さっそくですけど、道中でヤクーノフ村の住民を保護しました」

馬車から降りてきた家族を見たボリセンコ村長は、目を瞬かせた。

オスカリウスが事情を説明する。

「氷原で魔物に襲われていたのだ。村からは離れている地点だが、念のため騎士団に巡回させよう」

「なんと。こちらからも報告しておきましょう。ええと……大公殿下のお名前は、ラヴロフスキーさまでしたかな？」

ボリセンコ村長が、羊皮紙を広げた役人の男性に確認する。

遠方のためか、視察する大公の名前が間違って伝わっているようだ。

オスカリウスは平静に名乗った。

「オスカリウス・レシェートニコフだ」

「おお、そうでしたか。間違えたようです。お詫《わ》びして訂正いたします」

ボリセンコ村長が書類を書き換えるよう、役人に頷く。

だが、はっとした役人の男性は、ペンを持った手を震わせた。

「レシェートニコフ……氷の大公……！」

村長が咳払いをしたので、男性は口を噤んでうつむいた。

「失礼しました。どうかお気になさらず。我々は生まれたときからこの村に住んでおりましてな。遠い首都のことは噂でしか知らないのです」

「俺は気にしない。――それより、セラフィナ皇女を村に案内してくれたまえ」

「そうですな。どうぞ、こちらへ」

村長に案内され、一行はヤクーノフ村へ入った。

村内を歩くが、寒さのためか、外に出ている人はいない。

雪が降り積もる道の脇に、ぽつぽつと小さな家が建っていた。

ボリセンコ村長が歩きながら村を紹介する。

「ヤクーノフ村は一年のほとんどが冬です。寒いので作物は育ちません。村人は牛や馬を飼育したり、川から魚を採って暮らしております」

小屋から牛の鳴き声が聞こえてきた。

少し歩いて、「こちらが役場です」と示された建物は、こぢんまりとしていた。ほかの家と見分けがつかない。さらに雑貨屋や診療所なども、かろうじて看板があるくらいだった。装飾がないのは、寒さや雪のためにつけられないからだと思われる。どの家も固く扉を閉ざし、窓には木の板が取りつけられていた。それらも凍りついていている。

この村の人々は寒さをしのぎながら、苦労して生計を立てているのだ。

閑散とした村の様子から、それがよくわかる。

やがて建物がなくなり、荒涼とした景色が広がる。

「この先は川と、氷山があるのみです。小さな村でしてね。わたしが若い頃はダイヤモンドを採掘しようという動きがありまして、採掘団がやってきたことがあるのですが、なにも出ませんでした。氷しかないと怒られましたよ、ハハ……」

村長の乾いた笑いが寒々しく吹き抜ける。

貴重な鉱石が隠された鉱山が発見されれば村は潤うので、それを期待して発掘するわけだが、莫大《ばくだい》な費用をかけてもなにも出なかったときは損失を被ることになってしまうのだ。

これで視察を終えてしまうのは、もったいない気がする。

セラフィナはボリセンコ村長に訊ねた。

「なにか困っていることはないかしら。私にできることがあるなら、なにかしたいの」

「そうおっしゃるのなら、ぜひとも皇女殿下にお願いしたいことがあるのですが……」

「なにかしら。なんでも話してちょうだい」

唇を引き結んだ村長は、来た道を振り返った。

「今ちょうど雑貨屋を通りましたが、そこにふたりきりで住んでいる幼い兄妹を助けていただきたいのです」

「兄妹の両親はいないの？」

「それが……両親は不慮の事故で亡くなりました。魔物の仕業か定かではないのですが、転落した馬車には爪痕がありました。しかも、妹のゾーヤも事故に巻き込まれて怪我をしたのです。ふたりをわたしが引き取ってもよいのですが、兄のルスランは首を縦に振りません。わたしに店を奪われるのではないかと疑っているようで、近頃は話すら聞いてくれなくなりました」

「そう……。兄妹でふたりきりというのは心配ね」

小さな村なので、孤児院などの施設はない。兄妹が平穏に暮らしていくためには村長の言うとおりにしたほうが幸せになれると思うのだが。

「両親が生きていた頃のふたりは明るくて、とてもいい子でした。ですが事故の一件以来、ルスランは人が変わったようになってしまいました。どうか、皇女殿下から声をかけてやってくれないでしょうか」

村長は必死な様子で頼み込んだ。

セラフィナはオスカリウスと顔を見合わせて、互いに頷く。

「わかったわ。まずは兄妹を訪ねてみることにしましょう」

「俺も同行しよう。我々に任せてくれ。ボリセンコ村長はひとまず待っていてもらえるだろうか」

村長は頷いた。セラフィナとオスカリウスは道を引き返して雑貨屋に向かう。

兄妹が住んでいるという雑貨屋はこぢんまりした店で、看板が剥げている。

ふたりは軋《きし》む扉を開けた。

店内は薄暗く、客は誰もいない。

雑貨屋だそうだが、仕入れが少ないらしく、棚にはわずかな商品しか置いてなかった。奥のカウンターに十三歳くらいの少年が背を丸めて座っている。

この少年が兄のルスランだろう。

いらっしゃいませと言うこともなく、彼はうつむいていた。ひどく貧相な体つきをしている。

セラフィナはカウンターの前へ行くと、少年に声をかけた。

「こんにちは。あなたがルスラン？」

「そうだけど……なんだ、あんたたちは。この辺の人じゃないだろう。客じゃないなら帰ってくれ」

顔を上げたルスランは乱暴に言った。眉根を寄せて、疑いの目をこちらに向けている。

「私たちはボリセンコ村長の知り合いなの。村長はあなたたち兄妹を心配していたわ」

「村長さんが……。でも、関係ないよ。ぼくたちの両親は死んだ。どうにもならないんだよ」

投げやりに答えるルスランは、すべてを諦めているように見えた。

セラフィナは彼に優しい声をかける。

「怪我をしている妹さんがいると聞いたわ。彼女の具合はどうなのかしら」

妹は店にはいないようだった。奥で休んでいるのだろうか。

すると、ルスランがセラフィナに警戒を含んだ眼差しを向ける。

「なんだよ。あんたも、妹と離れろとか言うつもりか？　ゾーヤはぼくの妹だ。絶対にあんたたちの思いどおりにさせないからな」

彼は接触してくる人間すべてが敵だと思い込むようになってしまったようだ。それも、悲惨な経験をしたためだろう。

「そんなことはしないわ。ただ、彼女の怪我がどの程度なのか知りたいだけなの。お医者さまには診せたのかしら」

ルスランは鼻で笑った。

「医者にかかれるわけないだろ。診療代はいくらすると思ってるんだ。ぼくたちを気の毒だと思うなら、商品を買っていってくれよ」

彼の言うことも、もっともだ。

商売を営んでいる人の店に押しかけて、事情のみを聞かせてくれとは、営業妨害に等しいだろう。

セラフィナは、ほぼ空になっている棚に目を向けた。そこに、小さな木彫りの鳥が置いてあるのを見つける。置物として飾っておく品のようだ。

てのひらに収まるほどのそれを、セラフィナは手に取る。

「それじゃあ、これをいただこうかしら」

「まいど。百ロドンだ」

さらりと述べたルスランの言葉に、オスカリウスは目を見開いた。

「百ロドンなのか？」

「そうだよ。その小鳥はぼくが彫った一点ものだから、そのくらいの価値があるんだ。あんたたち貴族にとっては、はした金だろ」

「だが百ロドンは、職人の月給ほどの金額だ。いくらなんでも木製の置物がそのような値段なのは……」

セラフィナはオスカリウスの腕に、そっと手を添えた。

まっすぐにルスランの目を見つめる。

「払いましょう」

「ここは俺が」

「……それじゃあ、お願いするわ」

たとえ法外な値段だろうが、制作者の言い値ならば正当な価格だ。ルスランや店の様子から察するに、彼が金銭的な援助を必要としているのは明らかだった。商品の代金が少しでも生活の足しになればよいと思う。

オスカリウスは財布から取り出した札束をカウンターにのせた。

札束を見たルスランは瞠目して、ごくりと唾を呑んでいる。

「この小鳥は私の部屋に飾るわね。売ってくれて、ありがとう」

「ちょっと待てよ！　百ロドンなんて嘘に決まってるだろ。本当は十ルピカだよ」

焦ったルスランは早口で言うと、札束を押し戻した。

嘆息したオスカリウスは札束を財布に戻し、その中の一枚をルスランの手に握らせる。一ロドン紙幣は、十ルピカの百倍の価値である。

「正直に言ってくれたな。釣りはいらない」

「……死んだ父さんが、『嘘つきは泥棒になる』って言ってたから……。ぼくは、泥棒じゃない」

彼は本当は正直で、まっすぐな少年なのだ。

ただ両親を亡くすという不幸から始まり、大人を信じることができなくなってしまったのだろう。このままでは兄妹がこの境遇から抜け出せないまま、さらなる不幸に見舞われてしまうかもしれない。

金銭を恵むのは生活の足しにはなるかもしれないが、根本的な解決には至らないのではないか。

そう考えたセラフィナは、ぎゅっと木彫りの小鳥を握りしめた。

「ねえ、ルスラン。妹のゾーヤに会わせてもらえるかしら。私たちで、医者に連れていってあげたいの」

「まあ、会うのはいいよ。奥で寝てるんだ」

カウンターの椅子から立ち上がったルスランは、セラフィナたちを奥へ案内してくれた。

店舗の奥には居住用の部屋があり、小さな水場があった。

その隣の狭い部屋で、ベッドに横たわっている十歳くらいの少女がいた。

ルスランは少女に声をかける。

「ゾーヤ。この人たちが、おまえに会いたいって」

ひどく青白い顔の少女は身じろぎをしたが、どうやらベッドから起き上がれないようだ。

睫毛が震えて、生気のない目がこちらを捉える。

「お……お客さま……？　いらっしゃいませ……ご入り用は……」

小さな声は消え入りそうに細い。

彼女は店に立っているつもりで、セラフィナたちに応じたのだ。

切なくなったセラフィナは、ゾーヤを怯えさせないよう、静かに声をかける。

「こんにちは、ゾーヤ。私はセラフィナよ」

「お、お嬢さま……こちらの櫛は……とても珍しいサンゴが使われて……」

セラフィナに商品を紹介しているのだ。

彼女の脳内では、両親が生きていて、店の手伝いをしている光景が繰り広げられているのかもしれない。

ルスランは、きつく唇を噛みしめた。

「妹はいつも意識が朦朧《もうろう》としているんだ。父さんと母さんとゾーヤは三人で仕入れに出かけたとき、馬車の事故に巻き込まれた……。ゾーヤはなにか獣に襲われたって言うんだけど、でも誰もそのあと見かけていない。ゾーヤだけは助かったけど、足の怪我で歩けなくなってしまったんだ。しばらく痛い痛いって泣き叫んでいて、ぼくは寝ないで看病した。そうしたらある日、糸が切れたみたいに、こんな状態になって……」

悲しいできごとが、切々と少年の口から吐かれた。

「医者に診せるだけで、百ロドンかかる。薬代もそのくらいはする。医者にかかれるのは金持ちだけだよ」

ルスランの本音は、ゾーヤを医者に診せたいのだ。だから彼は、木彫りの小鳥が百ロドンだと言った。

だが、今の状態では兄妹ふたりが食べていくだけでも苦しいだろう。いずれは店を売り払うしかなくなってしまう。

兄妹をこのままにはしておけない。ゾーヤの怪我の具合がよくなれば、兄妹でまた店に立つこともできるはずだ。それにはやはり医者に診せなければならない。どの程度の怪我なのか知り、治療する必要がある。

「宮廷医師に診せよう。きみたちから料金は取らない。ゾーヤを宮廷へ運んでもいいだろうか」

「えっ……宮廷って、あんたたちはいったい何者なんだ？」

「名乗るのが遅れたが、俺はオスカリウス・レシェートニコフ大公。彼女はセラフィナ皇女殿下だ」

大公と皇女だと知り、驚きに目を見開いたルスランだったが、すぐに眉根を寄せた。

「……ダメだ。それならなおさら、あんたたちの世話にはなれない」

「どうしてなの？　私たちは詐欺師ではないわ。あくまでも善意で、ゾーヤの怪我を治してあげたいの」

ルスランは悲しげに首を左右に振った。

「そういうことじゃないんだ。ゾーヤだけ、タダで宮廷で治療してもらえるなんてことになったら、村の人たちに申し訳ないよ。みんなは大金を払って大きな怪我や病気を治してる。近所のおじさんは、子どもの病気を治すために寝ないで働いてるんだ」

兄妹たちだけでなく、治療費を工面するため、村の人々は苦労しているのだ。

それだけ高額な治療代がかかるということ。

今のままの世の中では、大きな怪我や重い病気にかかった人々が治療することができず、生活に困窮してしまう。ルスランとゾーヤの兄妹がまさに、その状況に陥っているのだ。医者にさえかかれば、治るかもしれないのに。

そのときセラフィナの脳裏を、とある語句が浮かんだ。

「保険はないの？」

「え。どういう意味だい？」

「保険制度のことよ。怪我や病気をしたら保険を使って、安い医療費で医者にかかれるの。そういった保険には加入していないのかしら」

「……なんだい、それ」

ルスランは制度自体を知らないようだ。

オスカリウスはセラフィナのほうを向くと、皇国内の説明を始めた。

「職人の組合では保険のような機能はある。だがそれは首都での話で、ヤクーノフ村のような小さな村は組合自体が普及していない。あくまでも地域での互助の範囲だ。ボリセンコ村長の話から察するに、村の資金では村人の治療まで手が回らないようだな」

組合の保険はあるようだが、限られた人しか入れないようだ。

だが誰でも怪我や病気をする可能性はある。しかもルスランや村長の話では、両親とゾーヤは魔物に襲われたようである。

魔物を駆逐するより、先に人々の救済システムを作る必要性があると感じた。

セラフィナは手を打った。

「すべての国民が保険に加入できる制度を創設すればいいのよ。医療費を国費でまかなうの。そうしたら、ルスランも納得できるでしょう？」

セラフィナは皇女であり、次の帝位を継ぐ地位にある。今のところは為政者ではないものの、女帝にこのことを話したら、改革に賛同してもらえるのではないだろうか。

ルスランは首をかしげた。

「皇女さまがなにを言ってるのか、よくわからないよ」

「国民全員の医療費を皇国が負担する制度を作るということだ。そうなったら、ゾーヤは無料で医者に診せてあげられる」

オスカリウスの解説に、ルスランは喜びを見せなかった。

やはり悲しげな顔をして、寝たきりのゾーヤを見下ろす。

「国民全員って……すごい金額になるよね。いくら皇女さまでも、そんな金あるのかい？」

彼は信じていないようだ。

確かに、これまで保険制度のなかった世界では、その便利さを実感できないかもしれない。それにルスランの言うとおり、制度を実現するには莫大な財源が必要だ。そのような金をどこから出すのか。越えるべき壁は高そうである。

セラフィナは決意を込めて、こぶしを握りしめた。

「すぐに実現するのは難しくても、必ずやり遂げるわ」

「ふむ……。その制度が実施されたら、国民は怪我や病気によって困窮する暮らしや不安から逃れられる。人々に大変喜ばれるだろう。俺は賛成するよ」

オスカリウスは信頼を込めた眼差しで、セラフィナを見つめた。

「ありがとう、オスカリウス」

「ただ、制度を創設するには陛下と大臣たちの承認を得なければならない。施行するのにも、ある程度の時間がかかる。――だがゾーヤは今すぐにも治療が必要だ。隣町から医者を連れてこよう」

「そうね。いずれは保険制度でみんなの治療費を安価にするわ。それでいいかしら、ルスラン」

ルスランは小さく頷いた。セラフィナたちを信用してくれたのだ。


オスカリウスが呼びよせた隣町の医者は、すぐにやってきた。

医師はゾーヤの体を診察し、彼女にいくつかの質問をした。

「ここは痛いかな?」

「い、いたっ……」

それまで朦朧としていたゾーヤは、足と腰に触れると悲鳴を上げた。その部位は真っ赤に腫れ上がっている。

診察を終えた医師は、セラフィナたちに向き直った。

「腰と右足を骨折していますね。正しく治療してリハビリすれば、また歩けるようになるはずです」

「そうなんですね。よかった……」

ほっとしたセラフィナに、医師は続ける。

「ただ、それには入院が必要です。このまま処置をせずベッドに寝ている状態が続いたら、たとえ骨折が治癒しても骨がゆがんでしまい、歩行が困難になる可能性が高いでしょう。この辺りは大きな病院がないので、移送する必要があります。――入院には高額なお金が必要ですが、どうしますか」

医師は平淡に問いかけた。

お金がないから入院できない、と断る例がほとんどなのだと思える。

「ぼくは、入院なんてお金は……」

戸惑うルスランの肩に、セラフィナはそっと手を添える。

「入院します。私が、この子たちの後見人になりますから」

「皇女さま……！　でも、ぼくたちが働いても返せるお金なんて……」

「大丈夫よ、心配しないで。まずはゾーヤが元気になることが、いちばん大事でしょう？」

はっとしたルスランは、ゾーヤの顔を見る。

彼女は痛みに唇を震わせていた。

初めの頃は激痛を訴えていた彼女が、うわごとをつぶやくようになったのは、痛みを忘れるためと、兄に心配をかけさせないためなのだ。

「ゾーヤ……おまえを入院させてもいいか？　足が治ったら、また店に立てるから」

小さく頷いたゾーヤは、涙に濡れた瞳を兄に向けた。

「うん……。そうしたら、父さんと母さんは帰ってくる？」

「……父さんと母さんは……。おまえが元気になったら、ぼくの話を聞いてほしい」

唇を噛みしめたルスランは、うつむいた。

彼はまだ、両親が亡くなったことを妹に伝えられていないのだ。

そんなふたりを、セラフィナは切ない思いで見つめる。

彼らに希望を見出《みいだ》してもらうためにも、なんとしても世の中を変えなければならないと心に刻んだ。

セラフィナたちは村長に事情を話し、ゾーヤを移送して首都の病院に入院させた。ゾーヤの容態が安定しているのを見届けたセラフィナとオスカリウスは、宮殿へ戻ってきた。

そこでさっそく女帝に謁見を申し出る。

国民の窮状を訴え、保険制度の創設について提案するためだ。魔物のことがあったので、その話もすでに女帝に報告がされているはずである。

「俺も同席してよいだろうか。もちろん、陛下とセラフィナの会話の邪魔はしないが、もし反対されたときには手助けしたい」

「ありがとう。お願いするわ、オスカリウス」

オスカリウスがいてくれたなら心強い。セラフィナは彼とともに、ヴィクトーリヤの執務室へ向かった。

飴色の扉の前に待機している侍従が、金色のドアノブを引く。

「皇女殿下、ならびにレシェートニコフ大公殿下がいらっしゃいました」

女帝の執務室は重厚な調度品に囲まれながらも、気品に満ちた趣のある室内だ。

マホガニー製の執務机に向かっていた女帝は、ふたりの来訪に羽根ペンを置いた。

「ルカから報告を受けたけれど、魔物と戦って村人を助けたそうね。それはよしとして、あなたたちが先に提出した書類の概要には、村人を入院させて、その代金を皇国側が負担すると記載されているわ。どういうことなのか詳しい話を聞かせてちょうだい」

セラフィナは女帝に礼をする。

「陛下。私は視察で、怪我をしても高額な診療代が払えずに困窮している幼い兄妹に出会いました。彼らを村で救済できる手立てがありません。それだけでなく、魔物の増加によって怪我をさせられたり、家畜や作物が荒らされて実入りが減り、病気になるなど、国民の負担が増加することを懸念しています。ですのでぜひ、保険制度の導入について検討していただきたいのです」

「保険制度ですって？　それはなにかしら」

セラフィナは事情を説明した。

国家が公費を投じて、国民全員が保険に加入できる制度があること。

そうすれば安い医療費で医者にかかることができ、薬も購入できる。

兄妹のように不幸な目に遭い、怪我や病気で生活に困窮してしまう人々への救済策が必要と感じた。

「私はすべての国民を救いたいです。そのためには、国民が保険に加入できる制度を創設し、医療費を国費でまかなうのが最適と考えます。実現したら、国民が不意の事故や病気で困窮する状況をなくせます。国民が安心に健康で暮らしていくことは、国の生産力も上がることにつながります」

それは不遇だったセラフィナの生い立ちにも通じることだった。粗末な小屋で暮らしていたときに寒さから風邪を引き、とても心細かったことが何度もある。

それに母の理想としていた国政が、困窮している人々を救済するものだった。困っている人々を救える統治者の妻であるようにと、母が語っていたのを思い出す。

熱を帯びるセラフィナの説明を、女帝は冷めた様子で聞いていた。

彼女はかけていた片目眼鏡を外す。

「理屈はわかったわ。だけどその保険制度はどこから着想を得たのかしら」

「あ、それは……」

「——ルカからの報告にあったけれど、セラフィナは氷を操って魔物に襲われた村人を救ったそうね」

ヴィクトーリヤは、傍らでうずくまって眠っているルカに目を向ける。

魔法については秘匿するものではないけれど、聖女だなんて崇《あが》めるような存在にされるのは些《いささ》か困る。

「報告は事実です。でも私の力だけではありません。ルカとオスカリウスが魔物と果敢に戦ってくれました」

後ろに控えているオスカリウスを見やると、彼はしっかりと頷きを返した。

ヴィクトーリヤは目を通していた報告書から顔を上げる。

「魔物と戦ったあなたがたの功績を称えましょう。セラフィナの魔法が覚醒したのはとても喜ばしいことだわ。それと――聖女と呼ばれた初代女帝は前世の記憶があり、それを活かして皇国を改革したそうよ。あなたにも前世の記憶があるのかしら？」

はっとしたセラフィナは、女帝に打ち明ける決心をした。

オスカリウスにはすでに話しているし、秘密にするようなことではない。保険制度を認めてもらうためにも、前世について話そう。

「実は、そうなのです。私の前世の国にはそういった制度がありました。保険制度は私のアイデアではありません。日本国の制度を利用して、私は病院に通えました。その記憶を頼りに導き出したのです」

「なるほどね」

女帝は納得はしたものの、保険制度へ乗り気ではないようだ。

背後に控えていたオスカリウスは女帝へ進言する。

「俺はセラフィナの考えに賛同します。彼女が前世の記憶を持っているということも信じます。不幸な国民を見捨てることはできません。ぜひ陛下には、国民のための保険を新設することを承認していただきたいのです」

「あなたたち、簡単に言うけれどね、その制度にいくらお金がかかると思うの。国庫は空ではないけれど、潤沢でもないのよ。国民すべての医療費を国費から捻出するですって？　その財源はどうするの」

返す言葉がないセラフィナは、オスカリウスと顔を見合わせる。

財源についてのあてはなかった。

「すでに税金を徴収していますよね。そこから捻出できないでしょうか」

そう答えるセラフィナに呆れた顔をした女帝は、侍従を手招く。

「財務大臣を呼んでちょうだい」

ややあって、老齢の財務大臣が入室してきた。

女帝は全国民の医療費を皇国が負担した場合、具体的にいくらの金額が年間に必要なのか問いかける。大臣は困った顔をしてハンカチを取り出し、汗を拭いた。

「今すぐに陛下の求める金額を申し上げることは難しいですが……全国民の分となると莫大な金額になります。今年度は砦《とりで》や橋をいくつも造成しており、国庫には余裕がありません。銀鉱山をバランディン王国に譲ったばかりですし、節約しませんと……」

首を竦めた大臣は、ちらりとセラフィナの顔をうかがう。

財源に余裕がない原因はセラフィナにもあるのだ。

豊かな産出量を誇る銀鉱山と、帝位継承者となる皇女を交換したばかりなのである。

ハンカチを握りしめた大臣は逃げるように部屋を出ていく。

大臣と入れ替わりに入ってきたのは、エドアルドの統率する赤銅騎士団の事務官だった。事務官の討伐報告によると、かなり魔物の発生が増えており、襲われて怪我を負う村民の被害も多発しているという。

このままでは治療もままならず亡くなっていく民が増えていくことが考えられた。

事務官を下がらせたヴィクトーリヤは、ひとりごちる。

「魔物の討伐を進めるにしても、並行して発生してしまう被害の予測と、手を打たなかった場合の損失を天秤《てんびん》にかけると……」

魔物の討伐は必要だが、それにより怪我をした民の救済もまた必須だ。

ヴィクトーリヤはセラフィナに向き直る。

そして彼女は唐突に言い放った。

「決めたわ。保険庁を創設し、セラフィナを総裁に任命します。財源の確保についても命じるわ」

「えっ……私が、総裁……？」

「やる気があるから提案したんでしょう？　まさか、わたしが女帝だからといって、保険制度を丸投げするつもりじゃないわよね」

「もちろんです。私に、やらせてください」

まさか権限が与えられるとは思っていなかったので驚いたが、任命されたからには精一杯、保険事業の創設に向けて尽力するつもりだ。

セラフィナは笑顔で頷いた。

こうして新設された保険庁の初代総裁に、皇女セラフィナが就任することになった。


ほどなくして、宮殿の一室に保険庁のための仕事部屋が設けられた。

がらんとした室内には執務机が三つほど、それから壁際には空の書架。

それだけだった。

人員は副総裁としてオスカリウスが任命された。あとは手伝いとしてマイヤがいるだけである。総裁の椅子に腰を下ろしたセラフィナは、重い溜息を吐いた。

「陛下に期待されてないみたいね。私が飽きてすぐにやめると思っているのかしら」

「残念ながら、そのようだ。なにしろ財源を提示できないからな」

「そこが問題なのよね……」

財務大臣の報告によれば、全国民の医療費を国費でまかなうとなると、税金を現在から三割ほど引き上げないと財源が確保できないという。

税金を引き上げるという施策は簡潔なのだが、国民の反発を招くかもしれない。医療費の名目でこれ以上の税金を徴収すると、ルスラン兄妹のように困窮している層の人々は生活が破綻してしまうだろうし、もとから医療費の捻出に困っていない裕福な層は損を被ると考えるかもしれない。

「税金を引き上げる以外に、なにか方法はないかしら？」

セラフィナが問いかけると、オスカリウスは虚空を見つめる。

「金を生み出す方法か……。寄付は限界があるし、金額的に不安定だろうからな。国家事業として考えると……」

悩むふたりに、そばに控えていたマイヤはあっさりと言った。

「ほかの国から領土や金品を奪えばよいのではありませんか？」

「それはダメよ……。戦争を仕掛けたら、それこそ国庫が空になってしまうわ」

オスカリウスも同意して頷く。

「そのとおりだ。何万人もの兵士を派遣する経費がかかる。食料と水、武器に鎧に馬、海上戦なら船の造成。そして敗者になり、消滅した国は歴史上いくつもある」

「資源を奪うのではなく、生み出す必要があるわね」

その方法を編み出せれば苦労はしないのだが。

行き詰まったセラフィナに、オスカリウスは提案した。

「とりあえず、財源はのちほど考えることにして、制度のひな形を先に作ってはどうだろうか。医療費は医師が立て替えることにするのか、その場合の申請窓口はどこにするのかなど、決めることはたくさんある」

「言われてみれば、そのとおりね。保険制度は医師との連携が不可欠だわ。まずは病院を視察して現状を把握したいわね」

「よし、さっそく街の病院を巡ってみよう。ゾーヤの見舞いにも行ってみようか」

「そうしましょう」

席を立ったセラフィナはマイヤにあとを任せ、オスカリウスとともに外出する。

始まったばかりの保険庁だけれど、着実に前へ進んでいきたかった。

第五章　夜伽のゆくえ

保険庁の総裁に就任して三か月が経過し、セラフィナは精力的に仕事を行っていた。医療関係者や街の人々から聞き取りを行い、国民の戸籍を把握し、医師や各病院の実態を調べる。国民が保険を利用する場合のカードの発行や、医師が使用された医療費の申請を行うためのシステムについても、ひな形を作った。

それについての書類が山のように執務机に積まれ、目を通して承認のサインをする。書類をチェックするだけで朝から晩までかかるほどだ。

一息ついて、執務室から出て外の空気を吸う。

鍛錬場の近くを通りかかると、騎士たちが剣の鍛錬を行っている姿が見えた。

彼らは白銀騎士団だ。

白銀の鎧をまとったオスカリウスが指揮を執っている。その凛々《りり》しさに、セラフィナは淡い吐息をついた。

大公と騎士団長、そして保険庁の副総裁までこなす彼はとても多忙だ。

それなのに疲れも見せず、ああして胆力のあるところを目にすると、感謝とともに恋情が湧いてくる。

「私もがんばらないと……あら?」

こっそり鍛錬場をあとにしようと思ったら、そこへ赤銅色の鎧をまとった騎士たちがやってきた。

エドアルドたち赤銅騎士団のようだ。

なにやら口論になり、エドアルドはオスカリウスに剣の勝負を挑んでいる。

セラフィナは柱の陰に隠れて成り行きを見守った。

オスカリウスの早業により、一瞬でエドアルドは剣を弾き飛ばされている。

勝負を見届けたセラフィナは、そっと執務室に戻った。


執務机には、どさりと書類が追加されていた。

マイヤはメモを見ながら説明する。

「こちらが首都の病院の申請書類。こちらは入院と傷病を分けた場合の算定書。それから地方の役所からは、保険制度への質問状が届いております」

「相変わらず、すごい量ね……」

質問状に手を伸ばしたセラフィナは内容を読む。そこには回りくどい言葉で、新しい制度はこれまでの伝統をけなすものであり理解に苦しむなどと綴られていた。

「聞いたことのない制度だから、みなさんは受け入れがたいのよね。新しいものへは不安がつきまとうのはわかるけれど……」

セラフィナは溜息をついた。

保険制度の施行へ向けて前進しているのを実感する一方、財源はどのように確保するのかについては調整中だった。

肩を落としたセラフィナは、執務室から窓の外を見やる。

庭園は雪化粧に覆われ、キラキラと煌めいていた。

セラフィナが皇国を訪れてから、すでに半年ほどが経過した。

保険庁の総裁に就任してからは日々を忙しく過ごしているので、時が経つのが早い。

そこへ、騎士団の鍛錬を終えたオスカリウスがやってきた。

「少し休憩したらどうかな。仕事ばかりしていては体を壊してしまう」

「私は平気よ。オスカリウスにはいつも手伝ってもらって、申し訳ないわ」

「俺は副総裁だからな。当然の義務だ」

義務――という言葉を久しぶりに聞いたので、ふとセラフィナは笑いを零す。

「今度は、副総裁の義務になったのね」

「そうだ。だが誤解のないよう言っておくが、義務だからといって仕方なくやっているわけではない」

「わかっているわ。オスカリウスは保険制度に賛同してくれているものね」

微笑んだ彼は執務机を回り込み、山積みの書類の脇に転がっていた羽根ペンを手に取る。紛失したと思ったが、書類に挟まれていたようだ。

それをペン立てに戻すと、オスカリウスは身を屈めてセラフィナの顔を覗き込んだ。

「目標に向かって懸命に打ち込むきみは美しい。俺はそんなセラフィナを助けたいのだ」

「オスカリウス……」

さらりと落ちかかる銀髪が、セラフィナの頬に触れそうになる。

彼の紺碧の瞳は、胸元の痣と同じ色をしていた。

これは、運命なのだろうか。

見つめると、深い色の双眸に吸い込まれそうになる。

オスカリウスの雄々しい唇が下りてきて、セラフィナの唇を掠めた。

そのとき、扉をノックする音が響く。

「失礼する」

はっとしたセラフィナは瞬きをした。

扉を開けたエドアルドがこちらを見たときには、オスカリウスは姿勢を戻していた。

だがふたりの間に漂う気まずげな空気は隠せない。

凛々しい眉を跳ね上げたエドアルドは、オスカリウスに対抗するかのように、執務机をまわってセラフィナの隣にやってきた。

懐からカードを取り出したエドアルドは、セラフィナの前に差し出す。

「これは夜会の招待状だ。今度こそ受け取ってくれ」

先ほど鍛錬場では、オスカリウスに負けていたエドアルドだが、それへの対抗だろうか。

セラフィナはやんわりとカードを押し戻す。

「いらないわ……。夜会に行っている暇なんてないのよ」

前世ではワーカーホリックだったが、今世ではオスカリウスがいて、彼との信頼関係があり心が満たされている。そういうところが前世とは違うのだと、セラフィナは振り返り、充実感を覚えた。

エドアルドとは反対側に立っているオスカリウスは冷淡に言う。

「我々は忙しいのだ。邪魔をしないでくれ」

「保険庁の仕事か。保険制度を創設するらしいな」

「きみには関係ない」

オスカリウスを黙殺したエドアルドは、真摯な顔をしてセラフィナに向き直った。

「おれにも仕事を手伝わせてくれ。セラフィナは前世の記憶から保険制度を考案したと聞いた。実はおれもその分野には精通している」

さらりと発言されて、セラフィナは瞠目した。まだ制度のないこの世界で知識がある素振りを見せるエドアルドに、彼も転生しているのではないかという疑問がよぎる。

「そうなの……？　人手が足りないから助かるわ」

「任せてくれ。現状はどうなっている？」

セラフィナは書類を手にして現在の状況を説明した。

前から見覚えがあるように思っていたけれど、エドアルドはやはり前世の瀬良雪菜の知り合いなのかもしれない。だがどうにも思い出せない。月城の記憶は鮮明なので、記憶にばらつきがあるのかもしれなかった。

「この地方はオスカリウスの担当だな。詳しい話を聞かせてくれ」

書類を見たエドアルドが手招く。

オスカリウスは書類を覗き込んだ。

「ああ、これはエドアルドと分担したい。この地方は広域だからな」

「指示はおれが出す。おまえはおれの部下になれ」

「さっき俺に負けたばかりだろう。俺を部下にするには役不足だ」

ふたりはあらゆる書類をチェックして議論を交わす。

セラフィナを交えて、三人は今後の方向性や担当する案件について話し合う。

ひとしきり話し合いが終わると、それぞれ机に着いて書類を綴った。

仕事をしていると、前世が戻ってきたかのような感覚になってしまう。

セラフィナは、オスカリウスの横顔を見て、つと思った。

やっぱり、彼は月城さんではないかしら……。

前にもこうして、三人で仕事をしたことがあったような気がする。

でも今は仕事に集中しようと、セラフィナは書類に目を戻した。


エドアルドが保険庁の仕事を手伝ってくれるようになり、制度開始に向けて順調に進んでいた。

ふたりは保険制度の浸透のため、広大な皇国内の各役所へ出向いている。犬猿の仲ではあるが、うまくやっているようだ。

ふたりが外出中のため、セラフィナはマイヤと一緒にゾーヤの見舞いへ行ってきた。リハビリに勤《いそ》しんでいたゾーヤは回復に向かっている。完治は近いと医師が話していたので、退院したらヤクーノフ村にいる兄のもとへ帰れるだろう。

病院から帰ってきたセラフィナは、安堵して机に着く。

マイヤが紅茶を淹れて戻ってきた。

「セラフィナさま。一息ついてくださいませ」

「ありがとう」

ティーカップの取っ手に指をかけようとしたとき、執務室の扉がノックされた。

応対したマイヤは侍従と話したあと、セラフィナに告げる。

「セラフィナさま。陛下がお呼びです」

「わかったわ。すぐにうかがうわね」

ヴィクトーリヤと話すのは久しぶりだ。おそらく、保険庁の仕事について聞きたいのではないだろうか。できれば財源について、もう一度相談したい。

そう考えたセラフィナは女帝の執務室へ赴いた。

「お呼びでしょうか、陛下」

執務室を訪ねると、室内には宰相のアレクセイもいた。

羽根ペンを置いた女帝は真剣な眼差しで、セラフィナをじっと見つめる。

「……あの、どうかしましたか？」

「おかけなさい」

ヴィクトーリヤは隣の部屋にあるソファを指し示した。

仕切りのない隣室に移動したふたりは、ソファに腰を下ろす。アレクセイは黙然として、女帝の傍らに控えた。

女帝と向かい合わせに座ったセラフィナは、仕事の話ではないのだなと直感した。

「セラフィナ。あなたがアールクヴィスト皇国を訪れてから、半年が過ぎたわね」

「はい」

「でも、あなたからは懐妊の兆候が見られないわ。聞くところによると、どちらの皇配候補とも、なにも起きていないだとか」

「それは……保険庁の仕事が忙しいのです」

「保険制度のことで多忙のようね。このままだと、仕事に忙殺されて懐妊できる時期を逃してしまう。まるで昔のわたしを見ているようだわ……」

女帝は深い嘆息を漏らした。

呼び出された用件とは、皇配候補との関係がどういった状況かという確認だったらしい。帝位を継ぐには懐妊することが条件だとわかってはいるのだが、話したとおり、どちらの皇配候補とも進展はない。

眉間に深い皺《しわ》を刻んだ女帝は、アレクセイに目を向けた。

「宰相の考えを聞こうかしら。交際を推奨されている男ふたりがすぐそばにいるのに、半年経ってもなにもない。もっと皇配候補を増やしたらいいの？」

女帝の意見に、セラフィナはぎょっとする。

アレクセイは眼鏡のブリッジを指先で押し上げ、冷静に答えた。

「人数を増やしても、意味は薄いと思われます。進展が見られない原因は、皇女殿下が懐妊への意識を持っていらっしゃらないことでしょう」

「あの……意識はしているのですが……」

仕事が忙しいことを理由にすると、保険庁の総裁を解任されてしまうかもしれない。

身ごもって帝位を継ぐ資格を得ることも大事なのだが、今のセラフィナにとって、もっとも大切なのは保険制度を創設することだ。

仕事を言い訳にしてはいけないのだが、恋と仕事をどうやって両立させればよいのかわからない。

男女の営みについては知っているが、まずはなにをどうしたら営みに至るのかもわからないのだ。事に至るまでの流れがあると思うので、どちらかの男性を部屋に誘って、いきなり服を脱ぐわけにもいかないだろう。そもそもセラフィナに、そんな大胆なことはできない。

想いを告白し合って、キスをして……というロマンチックな流れに憧れてはいるのだが、そんな雰囲気にはならなかった。

セラフィナはいつも執務室にいるし、そこへ入ってきたオスカリウスとエドアルドとは、仕事の話しかしていない。

うつむいたセラフィナに、アレクセイは眼鏡の奥の双眸を閃《ひらめ》かせる。

「ということは、やはり――あの計画を実行するべきですね」

「ええ。そのようね」

宰相と女帝は頷き合った。

セラフィナは、ぱちぱちと目を瞬かせる。

「……〝あの計画〟とは、どういったことでしょう？」

「現場へ向かいながら説明いたしましょう。見ていただいたほうが早いと思いますので」

てのひらで促したアレクセイ、そして女帝とともに執務室を出る。

現場とは、いったいどこのことだろうか。セラフィナは、ふたりのあとに続いた。

廊下を歩きながら、アレクセイは語り出す。

「宮殿の敷地内にある森の中には、いくつかの離宮がございます。その中にある、もっとも奥の離宮は、一部の皇族が短期的に使用する場所として、代々重宝されてきました」

〝離宮〟と耳にしたセラフィナは嫌な思い出がよみがえり、ぎくりとする。

なんのために使用する離宮なのか、怖くてとても聞けなかった。

宮殿の扉から外へ出るとき、女帝とアレクセイがそれぞれ、侍女たちに外套《がいとう》をかけられる。セラフィナもふわりとしたコートを着せられた。

森へ続く道は両脇に生垣がそびえているが、そこは雪で真っ白に染まっている。

フードをかぶったアレクセイは言葉を継いだ。

「無論、陛下も利用されました。それ以来、数十年ぶりですね。あの離宮が使われるのは」

「そうなるわね。けれど用がないというわけではないわ。あの離宮は皇族のために欠かせないもの。維持するために、それなりの費用をかけているのよ」

セラフィナは首を捻る。

どうやら、それは特別な離宮のようだ。セラフィナが知っている祖国の小屋のように、いらない王族を放り込んでおく離宮などとは異なる匂いがする。

森を進んだ三人は、ひとつの離宮の前へ辿り着いた。

こぢんまりしているが、壮麗な装飾に彩られた外観は麗しい。粉雪に化粧を施されてキラキラと輝いている離宮はまるでお伽話に登場する御殿のよう。

「こちらです。離宮の別名は『後宮の園』ですね」

そう告げたアレクセイは、木立の中に隠されたように佇む離宮の扉を開いた。

足を踏み入れると、来客や使用人が待機する前室がある。その奥は談話室のような広々とした部屋だった。壁紙が淡いピンクで、暖炉には薪がくべられている。ゆったりしたソファは猫足がついており、深みのある緋《ひ》の天鵞絨だ。

まるで貴族の令嬢が好むような部屋だが、特に変わった点は見られない。

奥にもいくつかの部屋があるようだ。寝室だろうか。

セラフィナはコートを脱ぎながら室内を見回した。

「ここが『後宮の園』という名の離宮なの……？　気分転換をするための別荘かしら」

「遠からず当たっていますね。セラフィナさまも、ぜひ気分転換をしてくださいね」

「えっ？」

どういう意味だろうと目を瞬かせる。

すると、女帝が奥の部屋へ向かって声をかけた。

「ムッシュ・ジュペリエ！　出ていらっしゃい」

その声に呼応して、奥の扉が音もなく開く。

長い亜麻色の髪を束ねた痩身の男性が、ふんだんにレースのついたブラウスの袖を翻して現れた。

「あら、陛下。お待ちしておりました」

そう言った彼は仰々しい仕草で腰を折り、礼をする。

なんだか役者のような言動の男性だ。

ムッシュ・ジュペリエは前髪を華麗な仕草で払うと、わざとらしく首をぐるりと動かした。彼は目を瞬かせているセラフィナに、妖艶な笑みを見せる。

「そちらのお嬢さまが、皇女殿下ね。――そうねぇ……一か月よ」

唐突に宣言したジュペリエは、指を一本立てた。

なにが一か月なのだろう。そしてなぜ、彼は女性のような喋り方なのだろうか。

ヴィクトーリヤは疑わしげに眉をひそめる。

「すごい自信ね。そんなにすぐに懐妊できるかしら」

「あたくしを見くびってもらっちゃ困るわ。あたくしの父は懐妊指導官として、陛下を懐妊に至らせることができなかった。けれど、あたくしは結果を出しますわよ」

懐妊指導官という単語に、セラフィナは瞠目する。

女帝は神妙な表情を浮かべて顎を引いた。

「期待しているわ。懐妊指導官の家系の総督として、本領を発揮してちょうだい」

「お任せあれ。女帝陛下」

ふたりのやり取りを聞いていたセラフィナは、ごくりと唾を呑む。隣で平然として見守っていたアレクセイに問いかけた。

「あの……もしかして、ここは懐妊指導を行う館だとか……そういうことかしら」

「そのとおりです。ほかにどう見えますか？」

「……ということは、私はムッシュ・ジュペリエに指導してもらうということなの？」

「ご名答です。彼の手腕にかかれば、一か月でセラフィナさまは懐妊できるそうですから、おおいに期待できますね」

事態を理解したセラフィナは驚きに目を見開く。

いくらなんでも、一か月で懐妊に至るなんて無理な話ではないだろうか。アレクセイは誤解しているようだが、おそらくは指導期間が一か月という意味ではないか。とはいえ、指導であってもかなり短いと思う。

「それはちょっと……難しいのではないかしら」

ところが臆するセラフィナに、女帝は言い放つ。

「セラフィナはしばらく休暇を取って、ジュペリエ指導官から懐妊指導を受けなさい。懐妊に至るまで、保険庁の仕事はしなくていいわ」

「ええっ⁉　そんな、陛下、仕事に穴を開けるわけにはいきません」

「それなら、すぐにでも懐妊することね。明日懐妊するのなら、もちろん明後日《あさって》から復帰していいのよ？」

セラフィナは押し黙った。懐妊という結果を出すのは皇女としての義務である。保険庁の仕事ばかりかまけて、結婚と妊娠を逃しては困るという女帝の親心なのだ。

前世もそういった人生だっただけに耳が痛い。

今世では大恋愛をしたいという気持ちはあるのだが、オスカリウスが隣にいてくれることで満たされてしまって、結局セラフィナは前世のとおりに仕事ばかりになっている。

女帝はジュペリエに向き直る。

「オスカリウスとエドアルドの皇配候補たちには伝えておくわ。いつでも呼び出してちょうだい。わたしはどちらの甥が皇配になってもいいのよ」

「かしこまりましたわ、陛下。うふふ」

ジュペリエは嬉しそうに笑った。

まるで自分がふたりの男のどちらを指名するか考えているように楽しそうである。

呆然とするセラフィナを残して、女帝は離宮を出ていく。そのあとに続こうとしたアレクセイが去り際、ふと声をかけた。

「ご武運を」

がっくりとセラフィナは肩を落とす。

こうなっては、なんらかの結果を出さないと仕事に復帰できないだろう。よい統治者になりたくてこの地を踏んだのだ。それが今は、女帝の跡を継ぐことと、保険の事業と、順序が逆転してしまっていることを改めて思い出す。初心に返るためにも、ひとまず離宮で懐妊指導を受けよう。

セラフィナが手にしていたコートをするりと受け取ったジュペリエは、隣の衣装部屋へ片付けた。

彼は揚々とした足取りで談話室へ戻ってくると、紅茶を淹れ始める。

懐妊指導官とのことだが、まるで侍女のような甲斐甲斐しさだ。だが、ムッシュ・ジュペリエは男性である。懐妊を命じられた離宮で、男性とふたりきり。

状況を理解したセラフィナは青ざめた。

「あ、あの、ムッシュ！　私はあなたと子作りするつもりはありませんから！」

慌てて性的な関係を結ぶつもりはないことを伝えると、ジュペリエは呆れ顔を見せる。

「はぁ～？　これはなかなかのお子ちゃまね。手強《てごわ》いわ。一か月の指導でどうにかなるかしら」

ジュペリエは綺麗な所作で、紅茶を提供した。薔薇が描かれたティーカップからは、芳醇な香りが漂う。

「まあ、座りなさいよ。あたくしのことは友達だと思って、気さくに〝ジュペリエ〟って呼んでね」

ソファに腰を下ろし、華麗に踵を跳ね上げて足を組んだジュペリエは、優雅にティーカップを傾けた。

セラフィナも隣のひとりがけのソファに座る。せっかくなので紅茶をいただこう。

「では、ジュペリエ……どうぞよろしく」

温かいティーカップの熱が、じんわりと冷えた指先に染み込む。

ジュペリエは口角を吊り上げた。

「ぬるい反応ねえ。だからさ、セラフィナが子作りする相手はあたくしじゃないし、そもそもあたくしは、あんたみたいなお子ちゃまに興味ないわけ。襲われたらどおしよ~なんて考えるのは自意識過剰ってことよ」

「はあ……失礼しました」

ジュペリエは仕事として職務を全うするという意思を示したのだ。

懐妊を申しつけられて男性とふたりきりになったので、セラフィナは思い違いをしてしまった。

亜麻色の長い前髪をかき上げたジュペリエは、気怠《けだる》げに訊ねる。

「ところでさぁ、セラフィナはどっちなの？」

「はい？　どちらとは……」

なんのことかわからず聞き返すと、ジュペリエは眉をひそめた。

「あのねえ、どっちと言ったら男の話に決まってるでしょ！　オスカリウスさまとエドアルドさまの、どっちとセックスしたいのよ」

「……そう言われても」

あけすけすぎて返答しづらい。

セラフィナは頬を引きつらせて苦笑した。ティーカップを片手にしたジュペリエは、空いたほうの手をひらひらと振る。

「じゃあ、質問を変えるわね。ふたりのどちらに、よりあなたの心は惹かれているの？」

そう聞かれて、セラフィナは己の心に問いかけた。

答えはすぐに出た。

オスカリウスだ。彼に出会ったときから惹かれている。

──オスカリウスが、好き。

けれど、そうはっきり口に出すことはできなくて、飴色の紅茶に目を落としながらセラフィナは頬を染める。

「そ、それは……秘密よ」

「ふうん。なるほどね。どうやらあんたの心の中では決まってるようね」

驚いたセラフィナは顔を上げる。ジュペリエには見透かされてしまったらしい。

ソーサーにカップを戻したジュペリエは、華麗なラインを描いた眦を向けた。

「で、告白はしてないのね」

「……それは、その……」

「まさか告白の仕方がわからないとか言わないでしょうね」

「……えっと……」

セラフィナは小さく頷いた。

盛大な溜息をついたジュペリエは、てのひらで額を押さえる。

「ちょっと練習してみましょうか。あたくしをオスカリウスさま、またはエドアルドさまだと思って、『好きです』って言ってみて」

きりりと表情を引きしめて背を伸ばしたジュペリエは、大公たちの真似をしているようだ。

どうにも照れてしまうが、彼は真剣なので断るわけにもいかない。

セラフィナは勇気を出して、その言葉を口にした。

「す、す……きです」

最後は消え入りそうに小さな声である。

訝しげに双眸を細めたジュペリエは、耳元に手をかざした。よく聞こえなかったらしい。

「まあ、いいけどね。第一関門は突破したとみなすわ。それじゃあ、時間がないからさっそく講義を始めるわよ」

「えっ。講義があるの？」

「当たり前でしょ！　懐妊指導をなんだと思ってんのよ。初めの一週間は、みっちり講義と実地訓練を受けてもらうからね」

ジュペリエに引きずられたセラフィナは奥の部屋へ連れていかれた。

そこには教卓と机が置かれ、本棚には教本がびっしりと詰め込まれていたのだった。

◆

「なんだと!?　セラフィナが『後宮の園』へ？」

マイヤから報告を受けたオスカリウスは驚きの声を上げた。

地方の役所から戻ってくると、セラフィナの執務室は空だった。

女帝に呼び出された彼女は、『後宮の園』に閉じ込められたのだという。

あの離宮は皇族が使用する懐妊指導所のようなところだ。主に結婚する前の子女が、懐妊するための手ほどきを懐妊指導官から教授してもらうのである。

数代前の女帝が、お気に入りの男性を複数連れ込んだという経緯があるので、『後宮の園』という名称がつけられた。

「まさか陛下が強硬手段に出るとはな……」

セラフィナが懐妊指導を受けるのは、まだ先の話だと思っていた。女帝はかなり焦っているのだとうかがえる。思いのほかセラフィナが保険庁の仕事に熱心なのも、女帝には予想外だったのだろう。

このままでは皇女の義務を忘れて、仕事に邁進《まいしん》するとでも思ったのだろうか。そうなるかもしれない責任の一端は自分にもあると、わかってはいるのだが。

保険制度を実施したいという前代未聞のことに情熱を傾けるセラフィナに、深い共感を覚えた。もしも、この制度が実現できたなら、国民の生活が豊かになるに違いない。怪我や病気での破産に怯えることなく、心穏やかに働いて、子を養うことができるのだから。

国民の安寧を一番に考えるセラフィナには、女帝となる資格が充分にある。それどころか彼女は伝説の聖女に匹敵するほどの魔法を持っているのだ。

どうにかセラフィナの力になりたいと、保険庁の副総裁として仕事ばかりにかまけていたのは否めない。

マイヤは主のいなくなった執務室で、申し訳なさそうに頭を下げた。

「セラフィナさまは陛下から、一か月間は職務を離れ、離宮で過ごすことを命じられたそうです。懐妊指導官のムッシュ・ジュペリエは、自分の指導でセラフィナさまを懐妊させてみせると陛下に約束したのだとか。いずれオスカリウスさまにも、お呼びがかかると思われます」

「性急だと言わざるを得ないな。無垢《むく》なセラフィナが、そう簡単に変わるとは思えない」

彼女は純真な女性だ。これまで男性と触れ合った経験がないのだと思える。

それにクロード夫人との一連のできごとのとおり、祖国ではひどい扱いを受けてきたので、恋愛を楽しむような意識が育っていないのだと感じた。

前世でもそうだったのだろう。彼女はエドアルドが前世のことを匂わせても、反応が鈍かった。彼のことを思い出していないのだと思える。

もっとも、前世のエドアルドは意地が悪く、瀬良雪菜に嫌がられていた。彼の性根は今世でも変わらないが、前世の教訓を活かしているのか、女帝やセラフィナの前では猫を被っていると感じる。

そんな彼に、セラフィナは恋心を抱いたわけではないと見た。

だからオスカリウスはセラフィナを怯えさせないよう、ゆっくり距離を縮めていこうと考えていたが、思い返してみると悠長だったかもしれない。

それは保険庁の仕事が忙しかったこともある。

今世こそセラフィナと結ばれたいという想いはあるものの、思いのほか仕事にのめり込んでしまった。

オスカリウスは前世が月城リオンだと明かしていないが、三人で協力して保険制度を創設するのは、とてもやりがいがあった。

セラフィナは皇女として国の未来を慎重に考えているのか、オスカリウスとエドアルドのどちらを選ぶとは言い出さない。

告白する覚悟はある。

だがもし、国のためを考慮して、オスカリウスは保険庁の副総裁に、エドアルドは皇配になどという役職を与えて事態を収めるということになったら、どうすればいいのか。

その恐れが、行動を鈍らせたのだ。

オスカリウスは後手に回ってしまったことを察し、嘆息する。

そんな彼に、マイヤは問いかけた。

「どういたしましょうか。セラフィナさまを連れ戻しますか？」

「いや、陛下の方針に逆らうべきではない。ジュペリエ指導官は幾人もの皇族を指導してきたベテランだ。彼の指導に任せて、呼び出されたら応じるという形でいいだろう。マイヤはエドアルドの動向を探ってくれ」

「かしこまりました」

退出するマイヤを見送ったオスカリウスは、考えを巡らせる。

ひとまず、保険庁の仕事については一段落している。

セラフィナが離宮にいるのなら、彼女の身に心配はないだろう。ジュペリエ指導官は男性だが、職務に忠実で女帝の信頼を得ている。

この機会に、エドアルドと決着をつけてもよいかもしれない……。

エドアルドのほうにも、セラフィナについての報告がされているだろう。彼に野心がないはずがない。なんらかの手を打ってくると思われる。

オスカリウスは嘆息を零した。セラフィナのいない執務机に、そっとてのひらを滑らせる。

「愛しい人……。きみの心を手に入れるには、なにを差し出せばいいのだ。やはり、俺の真心を伝えるしかない……」

低いつぶやきは、誰もいない部屋に溶けて消えた。

◆

ぐったりしたセラフィナはベッドに突っ伏した。

一週間、みっちりと閨房の作法をジュペリエから叩き込まれたが、あまりのスパルタに学習したことが追いつかない。寝る時間と食事の時間以外はすべて講義と実地なので、疲労困憊《ひろうこんぱい》である。

「つ、疲れた……」

実地用のベッドで休憩を取っていると、パンパンと鬼指導官の手を打つ音が耳に届く。

「だらだらしない！　貴婦人たる者、いかなるときでもだらけないものよ。いつでも殿方が見ていると心得てちょうだいね」

「……体の節々が痛いの。本当に実地で行ったことは役に立つのかしら？」

講義は教本をなぞるものだが、実地は男性と隣同士で座ったときの距離の取り方から始まり、会話の方向性や表情の見せ方、ボディタッチのタイミングなどを教わった。

そこまではよいとして、さらにベッドでは行為のときの体位を実際にやってみるのだ。もちろん、ネグリジェを着たままではあるが。

かなりアクロバティックな体勢もあり、セラフィナは筋肉痛になってしまった。

実際にこんなポーズをするのか疑問を抱きながら、すべての体位をこなしたのである。

腕を組んだジュペリエは自信に満ち溢れている。

「あたくしに『役に立つんですか』と聞くのは、賢者に『なんか違わないですか』と訊ねるのと同義ね」

「私が物事の本質を見抜いていないということね……」

「そのとおり。必ず本番で活かせるから、自信を持ってね」

「……ご指導、ありがとうございました」

「なに言ってんのよ。まだ全然終わったわけじゃないから。練習しただけで懐妊できたら誰も苦労しないのよ！」

「というと……」

身を起こしたセラフィナは目を瞬かせた。

ジュペリエとともに談話室へ戻ると、紅茶を淹れて一息つく。

薔薇模様のティーカップを優雅に持ったジュペリエは、思案深げに眉をひそめた。

「セラフィナには、ふたりの皇配候補がいるわよね」

「ええ、そうね」

「このあとの流れとしては、ふたりのうちのどちらかを離宮に呼んで、行為に至ることになるわ」

「えっ……そ、それは……」

かぁっと頬を朱に染める。

行為に至ることはわかっていたが、どちらかを選ぶ段階になると、困惑が胸を占めた。

セラフィナにかまわず、ジュペリエは言葉を紡ぐ。

「ふたりとも呼ぶわけにはいかないのよ。三人でことに及んだら、懐妊したときにどちらが父親かわからなくなっちゃうでしょ？　あたくしは両方とも皇配にすればいいんじゃないかな～と思うけどね。セラフィナの性格を考えると、やっぱりどちらかを選んだほうがいいわ」

セラフィナはオスカリウスが好きなので、選ぶのなら彼しかいない。

けれど、彼が指名されたら、義務としてセラフィナと営みを行うのだろう。

それは悲しかった。

愛されてもいないのに、行為だけをしたくない。

セラフィナが肩を落としているのをカップの湯気越しに見たジュペリエは、小さく溜息をつく。

「あんたには好きな人がいるんでしょ？　どっちなの？　言っちゃいなさいよ」

「……それは」

口にしたら、オスカリウスをここへ呼ぶことになる。

それでいいのだろうか。そこにオスカリウスの意思はあるのだろうか。

セラフィナが戸惑っていたとき、玄関の扉が音高くノックされる。

ふと、ジュペリエは首を捻った。

「あら？　メイドが掃除しに来るには早いわね。ちょっと待っていてちょうだい」

席を立った彼は扉へ向かおうとするが、それより早くドアは開かれてしまった。

「失礼する」

招かれざる客として離宮へ踏み込んできたのは、エドアルドだった。

炎のような赤銅色の髪をなびかせる美丈夫の登場に、ジュペリエは後ずさる。

「あらやだ、エドアルドさまじゃない！　間近で見るとすごいイイ男……眼福だわ」

「ジュペリエ指導官。セラフィナへの講義は終わったのだろう？　次は営みの相手として、おれが呼ばれるはずだ」

エドアルドは自分が指名されると信じて疑っていないようだ。それとも、オスカリウスが指名されるのを防ぐために先手を打ったのだろうか。

どちらを選ぶかは、まだ決まっていない。

セラフィナが席を立って、そう告げようとしたとき。

エドアルドはジュペリエの大きな襟を掴み上げた。

「おれだな？　そう言え」

「ちょ、ちょっと、レースが千切れちゃうわよ……！」

ジュペリエは華奢なので、体格差の大きいエドアルドに絞め上げられるような格好になる。

女帝やセラフィナの前では紳士的だったエドアルドがこのような暴挙に及ぶなんて信じがたいが、これが彼の本性なのだろうか。

咄嗟にセラフィナは、エドアルドの腕にしがみついた。

「お願い、乱暴するのはやめて！」

「セラフィナ。なぜ、おれを思い出さないんだ」

「えっ……？」

「前世からおれは、おまえのことを……」

エドアルドの言葉に、突如、前世での記憶が浮かんでくる。

そうだ、月城リオンの隣にいたのは、彼のいとこの……。

だがエドアルドの横暴をやめさせなければという思いが、思考を中断させた。

セラフィナはしがみついたものの、圧倒的な腕力の差により、エドアルドはびくともしない。ジュペリエはレースを千切られまいと、必死に両手で襟を押さえている。

このままでは彼の首が絞まってしまいそうだ。

「やめて！　し、指名するのは……」

自分の心にそぐわないことは言いたくない。

けれど、そのためにジュペリエを犠牲にはできなかった。

唇を震わせながら、エドアルドを指名すると言いかけた、そのとき。

ぐい、とエドアルドの肩を後ろから何者かが掴む。

大柄な彼の体が後方に吹き飛ばされた。強《したた》かに、床に体躯が打ちつけられる。

呆気にとられたセラフィナとジュペリエは、突如現れた男に目を見開く。

「オスカリウス……！」

「やだぁ、オスカリウスさまじゃない！　あたくしを救ってくれたのね。ありがとぉ」

けろりとしているジュペリエに怪我はないようだ。

ほっとしたセラフィナは、オスカリウスに向き直る。

「ありがとう、オスカリウス。助かったわ」

「礼はいい。エドアルドが無断で離宮へ向かったと、マイヤから報告を受けた。不穏なものを感じたので駆けつけたのだ」

地方から宮殿に戻ってきた彼は、いなくなったセラフィナの身を案じてくれていたのだ。

熱の籠もった双眸で見つめ合うふたりを、身を起こしたエドアルドが割り込む。

「なんたる侮辱……オスカリウス、どういうつもりだ！」

「エドアルドが暴力行為に及んでいるところを、見過ごせなかっただけだ。ジュペリエ指導官を脅して、きみはなにを約束させようとしていたか、俺の耳にも入っている」

エドアルドは顔をゆがめたが、すぐに嵌《は》めていた手袋を外すと、オスカリウスの胸元に投げつけた。

ぱしり、とジュストコールを叩いた革の手袋が床に落ちる。

エドアルドはオスカリウスを指差した。その行為は最大限の侮辱にあたる。

「決闘だ！　おれの皇女を奪おうとする貴様を、亡き者にしてやる」

セラフィナは息を呑んだ。

紳士が手袋を投げて決闘の申し込みをするとなると、拳銃での撃ち合いになる。

それはどちらかの死を意味する。

「望むところだ。俺も、どちらがセラフィナと結婚するべきなのか、はっきりさせようと思っていた」

オスカリウスは冷静に告げる。

彼は決闘を受けてしまった。

このような形で皇配を決めてよいものか。

慌てたセラフィナは声を上げる。

「待って！　決闘なんていけないわ。どちらかが死んでしまう」

ところがオスカリウスは、セラフィナを安心させるかのように微笑を見せた。

「心配いらない。俺は必ず勝って、きみと結婚する」

「でも……」

ジュペリエは止めようとするセラフィナの肩を、ぽんと叩いた。

「無駄よ。紳士の決闘は、逃げたほうが負けになるわ。今さらやめにすることはできないのよ」

「……そんな」

ふたりに向き直ったジュペリエは、懐妊指導官として表情を引きしめる。

「それじゃあ、決闘に勝ったほうが、セラフィナの夜伽をするってことで、いいわね？」

「ああ。それでいい」

「おれが勝つに決まっているからな」

オスカリウスとエドアルドは承諾した。

ふたりが決闘することになってしまい、セラフィナは困惑する。

ふたりの大公が決闘するという噂は瞬く間に宮廷を飛び交った。

無論、女帝の耳にもそれが入る。

セラフィナは「もしかしたら、陛下が止めてくれるかもしれない」と期待を抱いていたが、それは無残に打ち砕かれた。

なんとヴィクトーリヤは決闘を推奨したのだ。

大公たちはどちらも、女帝の甥である。つまり決闘が行われたら、ふたりのうちのどちらかは、ほぼ確実に死に至るのだ。弾の当たりどころによっては命だけは助かるかもしれないが、それでも重傷になることは必至。

セラフィナは離宮を訪ねたアレクセイから決闘の推奨を聞かされ、重い溜息を吐いた。

「なんてことなの……」

ジュペリエに紅茶を提供されたアレクセイは、悠々とティーカップを傾けている。

「セラフィナさまが気に病むことはありません。決闘するのは、あなたではないのですから。結果を見守ればよいだけです」

「ふたりは命を懸けているのよ。どちらが勝っても負けても、大変なことになるわ」

闘うのが自分ではないからといって、悠然と結果を待っているわけにはいかない。

決闘の期日は、二日後だ。

オスカリウスが死ぬようなことになったら、セラフィナも生きてはいけないという切迫したものが胸にある。

けれど、エドアルドが亡くなっても困る。

誰かの死の上に立つ幸せな結婚など、あるはずがないと思うから。

「もっと早く、私が指名していれば、こんなことにはならなかったのかしら……」

ふたりを巻き込んで保険庁の仕事にばかり熱を注いでしまった。

どちらかを皇配に指名してから、子作りと仕事を両立させていれば、最悪の事態は避けられたのではないか。

それができないからこのような結果に至ったわけだが。

後悔するセラフィナを横目で見たジュペリエは嘆息した。

「あんたにも思うところがあるでしょうけどね。どちらかを指名しても、めでたしめでたしで収まらなかったはずよ」

「え……どうして？」

「指名されなかったほうが納得するわけないからよ。皇配の地位を得られなかったばかりか、皇女殿下のお気に入りになれなかった。男として許せない屈辱よ。いずれにせよ、決闘で決着をつけるのは必然ってわけ」

「……そういうものかしら」

自分が指名しただけでは決着がつかなかったかもしれないけれど、かといって決闘で命を懸けて決めるのが最善なのかは納得できかねた。

アレクセイは理知的な双眸をジュペリエに向ける。

「ジュペリエ指導官の采配に感謝いたします。決闘が決まったとき、『勝者はセラフィナさまの夜伽の権利を得る』と宣言なされたと聞きました。非常に自然に大事を避けられましたね」

どういう意味だろうと、セラフィナは首を捻った。

ジュペリエは両手を広げて肩を竦める。

「あたくしは懐妊指導官として当然のことを言ったまでよ。だってまさか、『勝ったほうが皇配になる』とは言えないものね」

「あ……そういうことだったのね！」

セラフィナは気づいた。

決闘の勝者は、あくまでもセラフィナと一夜を過ごす権利を得られるだけで、皇配になれると決まったわけではないのだ。つまり、敗者にも可能性は残されるわけである。

もしジュペリエが、決闘により皇配が決定するなどと発言していたら、問題になっていただろう。

アレクセイは静かに頷いた。

「大公がたは先走ってしまいましたが、決闘をしたところで決着がつくわけではありません。ほかの皇配候補を蹴落とせばよいわけではないのです。セラフィナさまが懐妊しなければ、皇配にはなれないのですからね。ですから決闘はあくまでも皇配を決めるための段階的な手段であり、大変乱暴なやり方だとわたくしは思います」

決闘について、アレクセイは懐疑的なのだ。

だが女帝が推奨したので、反対できなかったのだろう。

「じゃあさ、インテリメガネ宰相は、ほかにいい方法があるっていうの？」

「わたくしに考えがあります。ただし、決闘は行われます」

ジュペリエの問いに、アレクセイはきらりと眼鏡を光らせる。

決闘は行われるものの、丸く収める方法があるのだろうか。

セラフィナは心配で締めつけられそうな胸を、てのひらで押さえた。


瞬く間に二日が過ぎ、いよいよ決闘が行われる当日になった。

空は厚い雲に覆われており、不穏な気配に包まれている。

離宮を出たセラフィナは決闘を見届けるため、ジュペリエとともに森の中へやってきた。

雪で真っ白に染まった森は氷点下に達しており、凍えるほどに空気は冷たい。

純白のコートに身を包んだセラフィナは白い息を吐いた。

「アレクセイが立会人になるのよね。大丈夫かしら。彼はなにを考えているのかしら。どちらかが本当に命を落とすなんて、どうしたらいいの？」

「ちょっと、セラフィナ。あんたがいくら心配しても勝負がどうなるのかは、もうすぐわかっちゃうのよ。凍傷にならないよう、手でも擦ってなさい！」

派手な豹柄《ひょうがら》のコートを着ているジュペリエの声が裏返っている。寒さによるものというより、彼も緊張しているのだろう。

セラフィナの鼓動は早鐘のごとく鳴り響く。

ややあって、ふたりは森の開けた場所へやってきた。

ここが決闘の地となる。辺りは不気味な静けさが支配している。

オスカリウスとエドアルドはすでに来ていた。ふたりとも騎士団員の証である黒の軍装姿だ。そしてふたりの中間の位置に、アレクセイが佇んでいる。

宰相は慇懃な礼をした。

「ようこそ、いらっしゃいました。こちらがオスカリウス・レシェートニコフ大公、ならびにエドアルド・ラヴロフスキー大公の決闘場となります」

セラフィナは、ごくりと唾を呑んだ。

見学者なのでジュペリエとともに、アレクセイのそばに寄る。

オスカリウスとエドアルドは一直線上にいるが、互いに離れて用意を行っていた。

ふたりとも、やや表情が硬い気がするが、さほどいつもと変わりない。

ジュペリエは楽しげな声を上げた。

「さすが落ち着いてるわねぇ。あたくしはどちらが勝ってもいいわよ。ふたりとも応援しちゃうわ」

懐妊指導官の立場では、女帝と同様、どちらかの肩を持つことはできないのだろう。

けれど、セラフィナは違った。

オスカリウスに、勝ってほしい。

そんなことを願うのは皇女として不適切なのかもしれない。

――死なないでほしい。

それだけだ。たとえオスカリウスと結ばれないとしても、彼に生きてほしかった。

好きだからこそ、オスカリウスに生きて幸せになってほしい。

もしもオスカリウスが敗れて、皇配候補から外されるようなことになったとしたら、彼は別の女性と結婚するかもしれない。

だがそうだとしても、セラフィナは彼の幸せを願おう。

粉雪の舞い散る中、そう心に決めた。

「おふたかたとも、準備はよろしいでしょうか」

アレクセイの声かけに、付き添いの従者が、手にしている木箱を開封した。木箱には天鵞絨に収められた対の拳銃が二丁入っている。まったく同じものだ。

「準備はできている」

「おれもいいぞ」

頷いたアレクセイは決闘について説明した。

「ご承知のとおり、不正のないよう拳銃はこちらで用意しました。同じ型式の拳銃であり、調整も同一の職人が行っております。わたくしもその場に同席して確認しております。――この二丁をそれぞれが手にしていただきまして、背中合わせになり、三十歩の距離を歩いたときに振り向いて撃っていただきます。合図はわたくしが取ります。よろしいですね」

ふたりは黙然として頷いた。

紳士の名誉を懸けた決闘は、拳銃が用いられる伝統がある。

騎士団に所属しているふたりは剣を得意武器としているはずだが、もちろん拳銃を扱うこともできる。

決闘では単純に射撃の腕前が高いほうが勝利する。振り向いた瞬間にかまえて相手の心臓を狙うのは至難の業だ。大概は的を外すことが多いようである。

この決闘は、セラフィナという結婚相手と、皇配の座のふたつを取り合う男の戦いなので、双方とも容赦はしないだろう。むしろ、相手を亡き者にしたほうが都合がよいのだ。

従者が差し出した箱から、エドアルドは一丁の銃を手にする。オスカリウスも銃に手をかけようとしたが、その直前、ふと手を引いた彼はセラフィナの前へ立った。

ついとセラフィナの手を取ると、その手の甲にくちづけを落とす。

「冷たい手だ。必ず俺が温めると約束しよう」

「オスカリウス……。お願い、死なないで」

そう言うのが精一杯だった。

セラフィナは目に涙を溜めるのを、こらえきれなかった。

微笑みを見せたオスカリウスは、しっかりと頷く。

そして彼は、もう一丁の拳銃を手に取った。

「それでは、決闘者は位置についてください」

アレクセイの指示により、ふたりは背中合わせになった。

ガチリと撃鉄を起こすふたつの音が、冷えた森に鳴り、一気に緊張が高まる。

立会人であるアレクセイを除いた見学者のセラフィナたちは、少し離れたところから見守る。

アレクセイが掲げた手を打った。

パン……パン……、パン……。

ひとつ音が鳴るたびに、ふたりの男は一歩ずつ前へ進んでいく。

三十歩までは短いようで、とてつもなく長い時間だった。

セラフィナは心の中で数を唱えながら、息を殺して目を凝らす。

十三……十四……十五……。

アレクセイが打っている手の合図の間隔は、本人の感覚によるものなので、時計のように正確ではない。

いざ三十回に達したとき、タイミングを計るのが難しいのではないだろうか。

やがて、二十五、二十六と、そのときは近づく。

だが、二十九回目の合図が鳴った瞬間、木立から鳥が飛び立った。

その衝撃で、ばさりと雪が落下する音に、三十回目の合図がかき消される。

はっとしたセラフィナは目を見開いた。

銃声が轟く。

静謐《せいひつ》な森に、その音は長く木霊した。

「……うっ」

呻いたのはオスカリウスだった。

彼は眉根を寄せたが、凛と立っている。まっすぐに伸ばした腕の先に持った拳銃から、硝煙が立ち昇っていた。

「オスカリウス！」

彼の足元に、真っ赤な鮮血が溜まっていた。

青ざめたセラフィナは駆け寄ろうとするが、ふと気づく。

オスカリウスの軍服には、どこにも血がついていないのだ。

流血していないのに、足元の雪だけが赤く染まっている。どういうことだろう。

オスカリウスは硝煙を上げている銃口を、ふっと吹き消した。

「どうやら、実弾ではなかったようだ」

「えっ？」

振り向くと、エドアルドの腹の部分がべったりと赤く染まっている。

それは血が噴き出しているというより、投げつけられた血が付着したように見えた。

エドアルドは赤いものを手で拭うと、てのひらを広げてみせる。

「なんだこれは⁉　染料のようなものじゃないか」

エドアルドの弾は、オスカリウスの足元に被弾したので血が溜まったように見えたのだ。

驚いている一同に、アレクセイは咳払いをした。

「いかにも。実弾の代わりに、赤の絵の具を仕込みました」

なんと、アレクセイは事前に染料を仕込んでいたのだ。これでは撃たれても死ぬことはない。

確かに、実弾が入っているとは言っていないが……。

アレクセイ以外の全員が驚いているので、彼のみが策略を知っていたのだろう。真剣な勝負なのに、どうしてこんなことをしたのだろうか。

憤慨したエドアルドは声を荒らげた。

「馬鹿にしている！　実弾と絵の具をすり替えるなど、紳士の名誉を著しく汚すものだぞ！」

「これは陛下のご指示です。甥のどちらかを失うなど、耐えられないとのことです。ご不満がありましたら、ぜひ陛下へどうぞ」

しれっと言ったアレクセイは、凍りかけの眼鏡のブリッジを指先で押し上げる。

唇をゆがめたエドアルドだが、ふと彼は拳銃をかまえた。

「えっ……⁉」

セラフィナが驚いているうちに、再び銃声が鳴り響く。

不意を突かれたオスカリウスの左胸に、赤いペイントがびしゃりとぶちまけられた。

「心臓を撃ち抜いている。おれの勝ちだ」

勝ち誇ったエドアルドは硝煙の上がる銃を持った腕を、頭上に掲げた。

なんと卑怯なのだろう。エドアルドは二発を撃ったことになる。しかも勝負は決していたはずだ。

オスカリウスは眉をひそめた。

「不意打ちとは汚いぞ」

「黙れ。染料を用いた決闘を望んだのは陛下だ。そのやり方に則《のっと》ったまでだ」

これはどうなるのだろう。

互いの染料の位置としては、エドアルドが腹部、オスカリウスは左胸にあり、優位なのはエドアルドである。

だが、エドアルドは卑怯な方法で一発目を撃った。もし実弾ならば、エドアルドはとうに倒れていたはずである。だが、染料による勝負なので特殊な状況といえた。

ジュペリエは小声でセラフィナに囁いた。

「エドアルドさまの反則負けよね。でも無効にしたほうがいいのかしら」

「無効にしたら、再試合になってしまうわ。そうしたら実弾を使うことを避けた陛下の心遣いが無駄になってしまわない？」

実弾を用いての再試合という展開は避けたい。

染料にすり替えられていたとは予期しなかったが、ふたりとも無傷で済んでよかったのは確かなのだから。

アレクセイは高らかに、結果を宣言した。

「この勝負、エドアルドさまの勝利とします」

「……えっ⁉」

セラフィナは驚きに目を見開く。

ジュペリエの言うとおり、エドアルドの反則だと思われるのに、どうして彼が勝者になるのか。

セラフィナはアレクセイに抗議した。

「待ってよ。反則ではないの？」

「確かに、エドアルドさまの行いは紳士的ではありませんでした。ですが、実弾を使用したと仮定しますと、左胸に染料が付着しているオスカリウスさまが心臓を撃たれて死亡していることになります」

「でも、エドアルドは先に腹部を撃たれているわ」

「腹部を撃たれても即死とは限りませんから。おふたりなら、そのあとに発射することも可能でしょう」

「そんな……」

異議を申し立てたものの、立会人のアレクセイは、エドアルドが勝ったと判定した。審判の判断をねじ曲げることは難しい。

オスカリウスは眉根を寄せていたが、従者が持っている木箱に拳銃を収めた。

「結果には納得できかねるものがあるが……立会人の判定に従おう」

彼がそのように言うのならば、セラフィナがこれ以上判定結果に不服を述べるわけにいかない。

ということは、離宮に呼ばれるのは……。

セラフィナの胸に不安が広がる。それを吹き飛ばすかのように、ジュペリエは明るく言った。

「決まったわね。エドアルドさまが今夜、離宮で夜伽を行うのね」

苦々しい顔をしたオスカリウスとは対照的に、エドアルドは得意気に口端を引き上げていた。

第六章　月の騎士にさらわれて

――決闘が行われたその日の夜。

セラフィナは離宮の豪奢な一室でソファに腰かけ、じっとしていた。

身にまとっているのは、幾重にもフリルとレースに彩られた純白のネグリジェ。

寝室には天蓋付きのベッドが鎮座していて、薄い紗布《さふ》に覆われている。

紗布の向こうには真っ白なリネンと、ふたつ並んだ枕がそろえられていた。

それを目にしたセラフィナは深い溜息を吐く。

どうしよう……。

心は未だに整理がついていなかった。

エドアルドは保険庁の仕事を手伝ってくれた。それについては感謝しているが、彼に恋心は抱いていない。それにエドアルドは、「なぜ前世を思い出さない」と言っていた。

おそらく彼は、前世で瀬良雪菜の近くにいた人間なのだ。

だけど月城の記憶が強いためか、誰だったか思い出せない。

けれど、決闘の結果は覆せない。立会人であるアレクセイが下した判定は絶対だ。

そもそも女帝の計らいにより、ふたりとも怪我がなく決闘を終えることができたのだから、この結果は喜ばしいものだ。セラフィナがエドアルドを好きではないからといって、夜伽を中止にすることはできない。

皇女として、受け入れなければならないのだ。

そう思うほど、体は強張ってしまう。

もうすぐ支度を整えたエドアルドが離宮を訪ねてくるだろう。

どきどきと、鼓動は嫌なふうに脈打った。

——オスカリウス……会いたい。

ここから連れ出して、一緒に逃げてくれないだろうか。

そんなことがあるわけないとわかっているのに、オスカリウスに会いたいと願うほど、セラフィナの胸は締めつけられるように痛んだ。

そのとき、かちりと扉が開く。

セラフィナは、びくっと肩を跳ねさせる。

正装をまとったエドアルドが、平然として入室してきた。

「エドアルド……」

セラフィナの不安そうな表情を目にして、エドアルドは扉を閉める。

だが彼は扉のそばに佇んだまま、直立していた。

「おれは、おれを好きでもない女を無理やり組み敷くほど落ちぶれていない」

「……え？」

フッと息をついた彼は肩を竦めた。

「セラフィナはおれを好きではない。前世からそうだった。結局上辺だけなぞってもあいつに敵《かな》わない。……西園寺アルトは雪菜に好意を持っていたのだが、その想いは伝わらなかった」

「……あなたは！」

彼は月城のいとこだった、西園寺アルトだ。

名前を告げられて、彼の記憶を思い出した。三人で同じプロジェクトに取り組んだことがある。だから保険庁の仕事をしていて、既視感がよぎったのだ。

しかも前世から、西園寺に好意を持たれていたという。

それは気づかなかった。西園寺アルトは雪菜に意地悪ばかりしていたから。

彼は言葉を継ぐ。

「それにおまえの隣に立つ資格なんて本当はない。おれは行方不明になった瀬良雪菜を追って、魔物に導かれてこの世界へ召喚された。皇国に魔物が増えたのは、俺の責任もあると思っている」

「え……」

セラフィナが聖獣のルカに導かれたように、西園寺は魔物に召喚されたのだ。

聖獣が光のルートだとしたら、魔物は闇のルートということかもしれない。

「その責任を取る必要がある。おれは今後、魔物討伐に邁進する道を進みたい。それに改めて考えると決闘の勝者はオスカリウスだ。おれは勝負には勝ったが、男としてやつに負けた。その負い目がある限り、おれは皇配にふさわしいと言えない」

セラフィナは、そうではないと否定できなかった。

小さく頷いたセラフィナを見て、彼は目を細めた。

「夜伽の権利は、オスカリウスに譲ろう。ジュペリエ指導官にも、そう話してある。そうしたほうが、セラフィナも喜ぶだろう」

扉を開けて去っていくエドアルドに、セラフィナは声をかけた。

「ありがとう……エドアルド」

彼は一瞬、振り返る素振りを見せたが、そうしなかった。

代わりに、彼はひとこと残した。

「オスカリウスにも、前世の記憶がある。あいつから話すだろう」

扉が閉められ、足音が遠ざかる。

やはり、オスカリウスの前世は……。

その思いがセラフィナの胸をよぎった。

入れ違いに入室してきたのはジュペリエである。

「ジュペリエ。今、エドアルドが……」

彼はつい先ほど、笑みを浮かべてセラフィナを励ましてくれたのだが、今はなぜか苦い顔をしている。

「エドアルドさまのお気持ちは聞いたわ。懐妊指導官として言うけど、お互いが思い合っていなくては懐妊に至らないわけなのよ。そしてあたくしは、セラフィナの幸せを願っているの。わかる？」

「ええ……わかります」

頷くと、ジュペリエは後ろ手に持っていた靴とコートを出した。

それらはセラフィナのものだ。

「これは王子様に会うためのアイテムよ。あんたの王子様は、離宮の外で待ってるわ。言っておくけど、あたくしが呼んだわけじゃなくて、ずっと外にいたのよ。察したあたくしに感謝してよね」

セラフィナに靴とコートを押しつけたジュペリエはそう伝えると、素早く部屋を出ていった。

まさか、と思ったセラフィナは急いでコートを羽織り、ブーツを履く。

王子様とは、オスカリウスのことではないか。

カーテンを開けて窓の外を覗いてみると、煌々《こうこう》と月が輝いていた。

天空から光を放つ月は、冷たくも美しい。

見惚れていた、そのとき。

さらりと木立をかき分けて、マントを翻した月の騎士が現れた。

「……えっ!?」

セラフィナは驚きに目を瞬かせる。

白銀の髪を月明かりに煌めかせた騎士は、優しい微笑みを浮かべて、こちらに手を振った。

「オスカリウス……！」

月の騎士と思った男性は、オスカリウスだった。

——会いたかった。

彼の姿を目にした瞬間、熱い想いが胸から溢れる。

私はオスカリウスに恋している。彼しか、結婚相手として考えられない。

そうはっきり自覚した。

どきどきと胸を高鳴らせたセラフィナは、窓を開けた。

暖炉で暖められた室内に冷気が吹き込む。

「セラフィナ、迎えに来たよ」

甘く、蕩《とろ》けるような声で名を呼んだオスカリウスは、華麗に柵を乗り越える。

そうして彼は窓辺にやってきた。

紺碧の瞳はまっすぐにセラフィナに向けられている。

セラフィナは震える手で、オスカリウスの白銀の髪に降り積もった雪の粉をそっと払い落とした。

「オスカリウス……あなたに会いたかった」

彼は手袋を外すと、白銀の髪に触れているセラフィナの手を握りしめる。

「俺も会いたかった。エドアルドが離宮に入る前に、決闘に勝ったのは俺であり、夜伽を譲ると言われて迷った。だがやはりきみへの愛しさは止められない。今宵、きみをさらってもいいだろうか」

はっとしたセラフィナは、なぜジュペリエが靴とコートを預けたのかわかった。

おそらく、公式にはオスカリウスは敗者だからだ。

だから抜け出してふたりきりになり、好きな人と結ばれるべきと言いたかったのだろう。

オスカリウスがこれは不正ではないかと迷う気持ちはわかる。だけど、もしも罪になるなら、セラフィナもともに背負おう。

「ええ、もちろんよ。私をさらって」

セラフィナは笑みを浮かべて頷く。

窓辺で両腕を広げたオスカリウスに、自らの両手を差し出した。

ひょいと強靱な腕に持ち上げられ、セラフィナの体は容易く窓から出られた。

ふたりは手を取り合うと、森へ向かって駆けていく。

吐く息は白く、鼓動が高鳴る。

まるで逃避行のようだ。セラフィナは昂揚《こうよう》した胸を抑えきれない。

さらさらと粉雪が舞い散る森は、静謐に沈んでいた。

純白に染め上げられた木立が、青い闇に佇んでいる幻想的な世界だ。

「森を抜けると小さな丘がある。そこからなら、月が綺麗に見えるよ」

「素敵ね。夜に出歩くなんて、初めての体験だわ」

夜の国は別世界のように見えた。

けれど、オスカリウスとつないだ手の温かさと、彼の深みのある声音が心強く、ちっとも怖くはない。ややあって森を抜けると、開けた場所に出る。

そこは丘があり、真っ白に染め上げられた石段を登る。夏は皇族がピクニックなどに利用するところなのだろう。冬の夜に訪れる者は、もちろん誰もいない。月の騎士と、さらわれた姫くらいのものだ。

丘の頂上へ辿り着くと、壮大な景色が見渡せた。

一面に広がる深い森の向こうには、いくつもの明かりが灯《とも》された宮殿が見える。

その光景を天空の月が、煌々と照らしているのだ。

藍の天鵞絨に覆われた空には、大粒の星たちが瞬いていた。

「なんて綺麗なの……。こんなに美しい景色は初めて見たわ」

「喜んでくれてよかった。寒くないか？」

「ちっとも。あなたと手をつないでいるから、暖かいわ」

「もっとそばへおいで。風邪を引くといけないから、抱きしめていよう」

肩を引き寄せられ、オスカリウスの腕の中に包まれる。

彼は後ろからセラフィナを抱きしめた。ふたりのつながれた手に、オスカリウスはもう片方の手を添えて、ぎゅっと包み込む。

冷たい夜の中、愛しい人のぬくもりが心を温める。ざわめいていた鼓動は安堵により、嘘みたいに落ち着いた。

ふたりは言葉もなく、柔らかな月の明かりに照らされた光景を眺めた。

会話がなくても、気まずさなど感じなかった。

同じものを見ていられること、そして互いの体温を共有していることの大切さを噛みしめる貴重な時間を過ごした。

やがてオスカリウスは、深みのある甘い声で語り出す。

「俺は懊悩《おうのう》があるときは、深夜にここへ来て、この景色を眺めている。心が洗われるようだからね」

「オスカリウスにも、悩みごとがあるの？」

「もちろん。愛する人をどうやって振り向かせようとか、どうやって彼女と結婚しようだとかね。俺には好きな人がいるのだが、彼女は仕事に一生懸命で、そんなところも好意を抱いているのだけれど、どのように距離を縮めていったらよいのか、これまで苦悩していた。……前世からずっと、今この瞬間もだ」

「えっ？」

前世という言葉に驚く。

彼は、月城について話したいことがあると言っていたのを思い出す。エドアルドも、オスカリウスは前世の記憶があると先ほど言った。

もしかして……と、セラフィナの鼓動が駆けた。

「俺の前世は、月城リオンだ。俺は今世では氷の大公として、冷徹な自分を貫いてきた。……前世では人のいい男だったかもしれないが、あれは演じていただけだったんだ」

彼の深みのある声が、鼓膜に吹き込まれる。

「あのとき、きみに偽りの自分を好いてもらえなかったから、もう一度その姿に戻っても仕方がないと思っていた。今度こそきみと結ばれるなら素の自分がいい、だが氷の大公などと呼ばれる自分がきみに見合うのか。そう思うと、情けない話だが、今日まで月城だと明かせなかった」

「……そうだったのね」

やはりオスカリウスは、月城リオンだった。

だけど、セラフィナは知っている。

彼が誰よりも優しい人であることを。

つないだ手の感覚を、セラフィナは大切に思った。

「あなたは冷たくなんかない。心根の優しい人よ。あなたと接していて、それがよくわかったわ。私が困っているときはいつも手を差し伸べてくれた。義務だと言いながら、いつも押しつけがましくなく、自分の意思でやっていることだと言ってくれた優しさ、そういうところが月城さんの本質ではないかなと思うの」

「……そうか。セラフィナに出会えたからだ。きみとともにいるうちに、俺は素の自分になれた」

「前世もそうだった。月城さんの優しさは感じていたわ」

「そう言ってもらえると、救われる。俺は以前、皇配になる必要があると言ったが、あれは今世こそきみと一緒になりたいという意味だ」

どきどきと心臓が高鳴る。

セラフィナは震える声で問いかけた。

「それって……」

「好きだ。前世からずっと、きみが好きだった」

オスカリウスは抱きしめている腕に力を込めた。

彼は前世から、セラフィナ――瀬良雪菜を好きだったなんて。
その事実を知り、胸が熱くなる。
好きな人が自分を好きでいてくれた。それはとてつもなく奇跡的な幸福だった。
振り向いたセラフィナは、彼の紺碧の双眸を見つめる。
そこには月とともにセラフィナが映り込んでいた。
「私も、あなたが……好き」
ようやく想いを告げられた。
紺碧の瞳を近づけたオスカリウスは、セラフィナの頤を指先で掬い上げる。
柔らかな唇が触れ合い、セラフィナはそっと目を閉じる。
初めてのキスは、淡い雪の味がした。
やがて触れ合ったときと同じ優しさで、唇が離される。
「愛している」
思いのたけを込めて紡がれた告白に、陶然とする。
瞳に月を宿らせた騎士に、セラフィナは永久を知る。
胸に宿るこの恋心が永遠であると感じた。
ふたりはもう一度、くちづけを交わした。

溢れる恋情を言葉で紡ぎ、何度もキスをする。

月の下で、想いを誓うかのように。


丘を下りたふたりは、近くにある小屋にやってきた。

そこは皇族が狩りをするときに立ち寄る休憩所で、華美ではないが暖炉があり、温かな絨毯が敷かれ、毛布などが備えられている。

宿泊も想定しているので、ベッドと柔らかな寝具が整えられていた。

暖炉に火を入れたオスカリウスは、腕をまわしてセラフィナの体を抱き寄せる。

「月城リオンだった俺は、雪菜を追いかけてこの世界に迷い込んだ。いわば転移者というものなのだろう。だが、オスカリウスとして幼い頃からの記憶はあるんだ。おそらくエドアルド——西園寺アルトも似たような状況だろうと思う。互いに前世を打ち明けたことはないが」

そういった事情があったのだ。淡々と語られるオスカリウスの話を聞いて、月城を転移させた責任は自分にあるという事実を知り、セラフィナはショックを受ける。

「私のせいで、月城さんのすべてを失わせてしまったのね……」

そう言うと、彼は大きなてのひらで、セラフィナの手を包み込んだ。

オスカリウスの熱い体温が、肌を通して心の奥深くにまで伝わってくる。

「気にしなくていい。きみに会えて、本当によかった」

セラフィナを包み込んでくれる彼に、これからも寄り添っていきたい。

剛健な肩に、そっと頭を預ける。

いっそうセラフィナをきつく抱きしめたオスカリウスは、耳元に甘く囁く。

「寒くはないか？」

セラフィナは小さく首を横に振った。

オスカリウスがいてくれるだけで、心が温かいのだ。

「寒くはないけれど……オスカリウスと手をつないでいたい」

ふたりの体温は溶け合うかのように馴染《なじ》んでいた。

オスカリウスは決意を込めた双眸を向ける。

「きみと、体の深いところまで交わりたい」

「……私もよ」

惹かれ合うように、ふたりはくちづけを交わす。まるで朝が訪れたら魔法が解けてしまうかのように、ふたりは互いの素肌を重ね合わせた。

無垢なセラフィナの肉体が、オスカリウスの愛撫《あいぶ》により蕩かされる。

そして彼の獰猛な中心が胎内を深く、優しく愛でた。

とてつもない甘美な営みに、セラフィナは恍惚《こうこつ》とする。

「痛くはないか？」

「少し、痛いけれど、気持ちいいの……」

雄を受け入れた体は軋むが、心は満たされていた。

私は、好きな人と結ばれたのだわ……。

オスカリウスとつながった喜びが、全身を駆け巡る。

セラフィナの肢体は強靱な背にすっぽりと覆われた。互いの手はつながれ、指を絡ませる。オスカリウスは何度もくちづけを落とした。瞼にも頬にも、そして唇にも。

「きみを愛している」

「ええ、私も。愛しているわ……」

「ずっと一緒にいたい。生涯、離さないよ」

「私も……あなたと一緒にいたいの」

愛を囁きながら、ふたりはきつく抱き合った。

ぱちりと暖炉の炎が鳴り、絡み合った肌を橙色《だいだいいろ》に染め上げる。

昂揚したふたりの情欲は頂点を極め、セラフィナの体の奥深くで雄の徴《しるし》が爆《は》ぜる。

欲の証を受け止めた体は、熱い胸に包み込まれた。

夜が明けるまで、ずっと――。


翌朝、セラフィナは離宮へ戻った。オスカリウスとは離宮へ辿り着く直前で別れ、彼はセラフィナが扉の向こうに消えるまで見送ってくれていた。

名残惜しい想いを抱えて談話室へ入ると、すでに暖炉には火が入っている。

寝巻姿で出てきたジュペリエは、あくびを噛み殺した。

「ふわあぁ……。おかえりなさい。山小屋の暖炉の火は消したんでしょうね？」

見透かされていたことに、かぁっとセラフィナの頬が朱に染まる。

「ど、どうして、それを……!?」

「そんなことくらいわかるわよ。宮殿に戻るわけにはいかないし、オスカリウスさまの屋敷は少し遠いからね。アレクセイさまには適当に言っておくから、心配しないで」

ジュペリエにはすべてお見通しだったようだ。

セラフィナは彼に感謝を告げる。

「ありがとう、ジュペリエ……。私が好きな人と結ばれたのは、あなたのおかげだわ」

華麗にウインクをしたジュペリエは唇に弧を描く。

「いい女の顔になったじゃない。おめでとう」

こうして懐妊指導官の采配もあり、セラフィナ皇女はオスカリウス・レシェートニコフ大公と契りを結んだ。

事実上、皇配にはオスカリウスが選ばれたことになる。

夜伽を辞退したエドアルドを、女帝は「エドアルドに魅力がなかった」とひとことで片付け、第二皇配候補の肩書きを剥奪した。エドアルドの申し出により、彼は領邦の統治と併せ専属で魔物討伐の任に就くことになり、領邦に戻ることになった。

これにより、セラフィナとオスカリウスは夫婦前提の間柄として、正式に認められた。

離宮で過ごす残りの期間を、オスカリウスは毎晩のようにセラフィナのもとへ通った。もはやジュペリエは「なにも指導することはないわ」と言い残し、邪魔にならないためなのか、隣の離宮へ引きこもった。

純白のネグリジェをまとったセラフィナは、今宵も夫となるオスカリウスの訪れを待つ。

そわそわするこのときが、どうにも胸が弾んでしまう。

嬉しくて恋しくて、ちょっぴり切ない。

早く来てほしいのだけれど、でも、もしも来なかったらどうしよう……。

そんなふうに悩んでいると、扉を開けたオスカリウスが颯爽と現れた。

「愛しい人。会いたかった」

「オスカリウス……！」

外套を脱ぐ暇も惜しんで、オスカリウスはセラフィナを抱きしめた。

愛する男の腕の中に閉じ込められたセラフィナは、朝が訪れるまで逃げられない。

こうして囚《とら》われるのが心地よくて、最高に昂揚した。

情熱的なくちづけを交わしたふたりは、天蓋付きのベッドに沈む。

オスカリウスはキスをしながら、性急な、けれど優しい手つきで純白のネグリジェを脱がしていった。

「きみの体のすべてを愛でたい。そう思いながら過ごす朝と昼は、俺にとって地獄の業火で焼かれるかのように苦痛だ」

「まあ……。私がオスカリウスを苦しませているのね」

彼の外套と上着を、セラフィナは脱がせた。互いの衣服を脱がしながら交わす言葉はまるで、小鳥が水を啄むかのように喉を潤してくれる。

オスカリウスは精悍な相貌に、笑みを浮かべる。けれど彼の表情はどこか切迫めいていた。

「いけないのは、俺の中で燃え立つ恋心だ。こんなにも恋しさを抑えきれないなんて、これまでの自分では考えられなかったことだよ」

セラフィナの唇を啄みつつ、オスカリウスは愛の言葉を綴る。

「きみに夢中なんだ。俺のすべてを受け入れてくれたなら、どんなに幸福だろう」

「んっ……私はもう、オスカリウスのすべてを受け止めたわ。私が欲しくて仕方ないなら、もっと乱暴に扱ってもいいのよ？」

「なんということを言うんだ……。その可愛らしい唇でそんなふうに言われたら、俺は止まらなくなってしまう……！」

オスカリウスはセラフィナの唇と体を貪るように舐《ねぶ》った。それは荒々しい愛撫ではあったが、決して乱暴ではなく、セラフィナを淫らに喘《あえ》がせて快感を高めさせるものだった。

やがてふたりは隙間なく、ぴたりとつながる。

至上の喜びを得る瞬間だ。

「ああ……オスカリウス。あなたが私の胎内に入っているわ」

「俺のすべてが、きみの中に入っているよ。きみの花園は至上の楽園だ」

ほう、と息を吐いたふたりは互いを確かめ合う。

けれど、ふたりで紡ぐ愛の営みはこれで終わらない。

逞《たくま》しい背に縋《すが》りついたセラフィナは、オスカリウスの脈動を指先で感じた。

「あん……すごい、オスカリウス……好き……」

「俺もだ。好きだよ」

やがて胎内に抱き込んだ彼の中心が爆ぜる。

濃厚な子種が、セラフィナを孕《はら》ませるために体の奥深くまで注ぎ込まれた。

恍惚として、セラフィナは強靱な腰に足を絡ませながら、彼の子種を受け入れる。

息を整えたオスカリウスは、情欲に濡れた双眸を向けた。

「もう一度、いいだろうか。きみを愛したい」

「……ええ、私も、もっと……」

抱き合うふたりは再び高鳴る鼓動を重ねた。

星の瞬きが息をひそめるまで、愛の営みは続けられた。

愛し合う期間は瞬く間に過ぎ去り、やがてセラフィナが離宮で暮らしてから一か月が経過した。

宮殿に戻ってきたセラフィナは、ほうと淡い吐息をつく。

オスカリウスは皇配候補としての義務感でセラフィナを抱いたのではなかった。彼は心から、セラフィナを愛してくれたのだ。それは肌を重ねたことで、はっきりと伝わった。

好きな人と愛し合う充実感に溢れ、体も心も幸せに満たされていた。

あんなにも濃密に契りを交わしたのだから、本当に懐妊したかもしれない。そっと、自らのお腹《なか》に手を当てて、そこに新たな命が息づいてはいないか確かめてしまう。

妊娠したかどうかはわからないけれど、彼の子が宿っていたなら嬉しい。

ハーブティーを淹れたマイヤは、久しぶりに執務室へ戻ってきたセラフィナに微笑みかけた。

「お疲れになったでしょう。これからしばらくはカフェインを控えるため、紅茶ではなく、ハーブティーにいたしましょう」

「やだ、マイヤったら。まだ妊娠したわけじゃないのよ」

カフェインは胎児の成長に悪影響を及ぼすため、妊婦は紅茶などに含まれるカフェインを避けるべきという定説がある。

まるで本当に妊娠したみたいで、セラフィナは頬を綻ばせる。

香りのよいカモミールティーを口に含んだセラフィナは、そろそろオスカリウスがやって来る頃かと胸を弾ませた。

だがそのとき、外が騒がしいのに気がつく。

「あら？　なにかしら」

窓から眺めてみると、宮殿の正門から仰々しい馬車が列を成しているのが見えた。どこかの王族が訪問してきたのだろうか。

荷物を積む馬車の上には、衣装を入れるケースが膨れ上がり、いくつも積み重ねられていた。

セラフィナがアールクヴィスト皇国を訪れたときは、古着のみだったことを思い出す。衣装ケースなどは積んできたが、それはすべて侍女のクロード夫人の私物だったのだ。

はっとしたセラフィナは、馬車のドアに見覚えのある刻印を見つけた。

忘れもしない、あれはバランディン王国の意匠だ。

「どうして……」

ということは、あの馬車は祖国からやってきたのである。

今さらバランディン王国が、セラフィナになんの用があるというのか。それとも、女帝へ謁見するために使者が訪れたのだろうか。

それにしても、使者にしては仰々しい気がする。

嫌なふうに鳴り響く胸に、セラフィナは手を当てた。

やがて馬車の列は建物の陰になり、見えなくなる。

深い息を吐いていると、扉がノックされて従者が姿を現した。

「皇女殿下に申し上げます。至急、謁見の間へお越しくださいますよう」

「……わかったわ」

バランディン王国の者が訪れたのなら、国の出身であるセラフィナが顔を出すのは当然のことだ。

セラフィナは凜と背を伸ばし、謁見の間へ赴いた。

外国の使者を迎えるときや、公的な儀式などに使用される謁見の間に足を踏み入れるのは、セラフィナが皇女として認定された儀式以来になる。

今は儀式ではないので皇族や貴族たちは同席しておらず、玉座に座る女帝と側近、そして来訪者らしき女性のみが室内にいた。

ところが、最奥の玉座のそばに控えている女性の姿を見たとき、セラフィナは息を呑んだ。

彼女は、妹のダリラではないか。

どうしてバランディン王国に残った彼女が、ここにいるのか。

「ダリラ……どうして……」

ちらりと意地悪そうな目でセラフィナを見やったダリラは、つんと顔を背ける。

姉であるセラフィナを無視すると、彼女は玉座に座る女帝へ満面の笑みを向けた。

「ヴィクトーリヤ女帝陛下に拝謁できまして、光栄ですわ。わたしはバランディン王国のダリラ王女でございます」

猫撫で声の挨拶は、セラフィナが今まで聞いたことのないものだ。

ダリラがまとっているドレスは胸元から裾まで、ずらりと無数の宝石が縫いつけられていた。数千着あるダリラの衣装の中でも、もっとも豪勢なドレスである。

女帝は冷静に応じた。

「バランディン王国より、遠路はるばるご苦労でした。そなたは皇女セラフィナの妹であり、第二王女だと聞いているわ」

「ええ、そうとも言いますわね。でも、わたしは現王妃イザベルの娘ですので、前王妃の遺児であるセラフィナより格上のはずですわ。それなのに、王は年齢のみで〝第二王女〟と格下であるかのような称号をつけたのです」

ダリラは不満を訴えた。それをアールクヴィスト皇国の女帝に話しても仕方ないと思えるが。

称号について格の違いなどないのだが、ダリラはなんでもセラフィナより上でないと納得できないのだろう。彼女は豪華なドレスや宝石に囲まれて贅沢をしていたというのに、それでもまだ不満をぶつけてくる。

まったく変わっていない妹を、セラフィナは諦観の面持ちで見つめた。

ヴィクトーリヤはダリラの不満に淡々と返答する。

「称号を変更したいのなら、父王に訴えるべきよ。――それで、そなたがアールクヴィスト皇国を突然来訪した理由はなにかしら」

「そう、それですわ！　実は、わたしこそが女帝陛下の皇女となるべき王女だったのです。姉を養子として送り出したのは、間違いだったのですわ」

ダリラの言い分に、セラフィナは衝撃を受けた。

間違いだったとは、どういうことだろう。

なにも食事の出ない晩餐の席で、父王はセラフィナを女帝の養子にすると明言したのだ。ダリラも同席していたが、彼女から「わたしが選ばれるはず」などという発言はいっさいなかった。それどころか、皇国の寒さでセラフィナが凍え死ぬことを、王妃とともに望んでいた。

女帝も初耳らしく、眉をひそめている。

「間違いとは？　バランディン王と交わした署名には、セラフィナ王女を養子にする代わりに、バランディン王国の銀鉱山を譲ると記載されているはずよ。そこにどのような間違いがあるというのかしら」

「銀鉱山なんて、どうでもいいんです。ただ、セラフィナではなく、わたしが皇女になるべきなんです。女帝陛下、どうかわたしを皇女にしてください」

どうやらダリラは、両国で交わされた協定などはどうでもよく、皇女になりたいだけらしい。思いのほかセラフィナが恵まれていると知り、うらやましくなったのかもしれない。

しかし、突然来訪して皇女にと望むのは無理がある。

セラフィナはダリラに疑問を呈した。

「バランディン王国はどうするの？　玉座を守れるのは、ダリラしかいないのよ？」

「あんな国、もう……そうだわ、お姉さまが継げばいいじゃない。わたしはこの国の皇女のほうがいいわ。時間がないんだから、邪魔しないで！」

時間がないとは、どういうことなのか。

セラフィナは首をかしげた。

癇癪《かんしゃく》を起こしそうになったダリラだが、女帝の前なので気を持ち直して猫を被り直す。

「セラフィナなんかより、わたしのほうが美しいし、優秀ですわ。私と姉を交換してくだされぱいいだけです。こんな人、祖国ではみすぼらしくて邪魔者扱いされていたんですから」

「王の親書はあるのですか？」

呆れた様子の女帝に質問されると、ダリラは虚を突かれたのか、ぽかんとした。

養子を交換したいという提案は、ダリラの個人的な願いなのか、それともバランディン王国としての意思なのか、確認が必要である。王の提案ならば、当然直筆の親書を持っているはずだ。

ところがダリラは唇をゆがめると、目を逸らした。かろうじて舌打ちをこらえている。

「父王の意思なのは間違いないのです！　ただ……今は王宮が慌ただしい時期なので、親書を用意できなかったのですわ」

「つまり、親書はないのね」

「……ですから、ないのではなく、準備が間に合わなかっただけで、女帝陛下が父王に訊ねてくだされば用意できるはずですわ！」

必死なダリラの言い分は、なにか知られてはまずいことがあるような気まずさを滲ませている。

冷めた眼差しを向けたヴィクトーリヤは玉座にもたれた。

「近頃のバランディン王国は、革命軍との戦いに明け暮れているそうね。王が多忙なのは無理もないでしょうけど、国王の意思を確認しないわけにはいかないわ。王国に使者を出して親書を要請しますから、それまでダリラ王女は宮殿に滞在しなさい」

「ありがとうございます、女帝陛下」

ダリラは笑みを浮かべると、膝を少々曲げて女帝に礼をした。

バランディン王国に早馬を向かわせて、その帰りを待つとなると、二週間ほどを要する。ひとまずダリラは皇国の宮殿に滞在することになった。

それにしても、王国と革命軍との戦いはそれほど壮絶なものになっているのだろうか。

セラフィナが祖国にいたときから、小規模の諍いは起こっていた。兵士を地方に派遣するので財政は逼迫《ひっぱく》する。その上、王妃とダリラの浪費により国庫が枯渇していた。

そのためセラフィナと引き替えに銀鉱山を入手したわけだが、それにより資金不足は解消されたのではないか。高すぎる税金を引き下げれば、国民の不満もある程度は抑えられるから、革命軍と話し合いに持っていくことも可能なはずだ。

もとより父王から疎まれていたので相談されたことなどないが、祖国の情勢がどうなっているのかは気になる。

ドレスを翻し、さっさと謁見の間から退出しようとするダリラに、セラフィナは問いかけた。

「ダリラ。バランディン王国のことなのだけれど、国内の情勢はどうなっているの？」

「さあ？　偉そうにしないでよね。そんな豪華なドレスなんか着て！」

ダリラはまるでセラフィナを敵のように睨みつけた。

どん、と肩でセラフィナを押した彼女は、去り際にひとりごちる。

「ま、二週間くらいあれば、なんとかなるわね」

いったい、なんのことだろう。

不穏なものを感じるが、セラフィナにはどうしようもなかった。

ダリラが宮殿に押しかけてきてから一週間が経過した。

妹は王国から侍女を幾人も連れてきていたが、日が経つごとに減っていった。中には皇国で雇ってほしいと嘆願する者もいた。聞けば、王女は大変わがままで、侍女を無能だと罵り、頬を叩くなど暴力を振るっているのだという。

ダリラがそのような性質なのはもとからなのだが、「王女の怒りが収まらない理由があります」と、事情を訊ねたセラフィナに侍女は証言した。

侍女頭として王国からクロード夫人が付き添ってきたのだが、皇国との国境で憲兵に止められたのだ。

アールクヴィスト皇国を国外退去処分になったクロード夫人は、再び入国することができない。それなのに夫人は、イザベル王妃が持たせた特別入国許可証なるものを掲げて、長時間にわたり憲兵と揉めたのだという。

結局、王妃が勝手に用意した許可証は無効とされ、入国できなかったクロード夫人は引き返したそうだ。

頼りになる者がそばにいないので、ダリラ王女は不満を募らせていると思われる。

それらの情報を、ダリラから暴行を受けて王女付きを辞めた侍女は切々と語った。

「イザベル王妃は、セラフィナさまが幸せに暮らしていると知り、大変お怒りでした。

クロード夫人に『なんとしてもセラフィナを亡き者にしなさい』と命令しているのを、わたしは聞いてしまいました」

「そう……。打ち明けてくれて、ありがとう。これからは私の侍女として勤めてちょうだい」

すべて話し終えた侍女は深く腰を折った。セラフィナは溜息をつく。

王妃は未だに、前王妃の娘であるセラフィナを憎んでいるのだ。

彼女はセラフィナの死を望み、それを叶えるべく、腹心のクロード夫人を派遣したのだろう。

だが、クロード夫人は入国していないのだから、なにもできないはずだ。ダリラも、今さら皇女にしてほしいと嘆願しても無理がある。彼女はバランディン王の唯一の王女となるので、いずれ結婚して夫に王位を継がせるという役目がある。それを放り出すわけにはいかないはずなのに。

侍女を下がらせると、そばにいたオスカリウスは眉根を寄せた。

「バランディン王国の国内情勢は相当悪いようだ。王家への不満が高まり、王妃を処刑しろという声が上がっていると聞く。他国の皇女になったセラフィナを憎んでいる暇などないと思うけれどね」

「そうね……。私のことより、アールクヴィスト皇国へ救援を要請するべきだわ。王はどういうつもりなのかしら」

「ダリラ王女の件で使者を送っているから、バランディン王が正式な親書を返すはずだ。それに兵の派遣を要請してくるかもしれない」

あと一週間ほどで、使者は戻ってくる。

父王の親書に、ダリラ王女とセラフィナを交換してほしいと記してあったら、どうしよう。

ダリラは帝位を継承する条件である魔法を持っていないはずである。だが彼女は、セラフィナが皇国という出自をわかっておらず、姉がいいなら自分でもよいはずと思っているのかもしれない。帝位継承とは別にして、無理やり皇女になりたいとごねると、問題が引き延ばされることも考えられた。

オスカリウスと、別れることになる……？

そんなのは嫌だ。彼と、離れたくない。お腹には彼の子が宿っているかもしれないのに。

セラフィナの心配を汲んだかのように、オスカリウスはそっとセラフィナの背に手を添えた。

「心配ない。陛下の娘はセラフィナただひとりだよ。そして俺の妻も、きみだけだ」

「オスカリウス……」

甘く深みのある声音で明瞭に告げられ、セラフィナのざわめいた胸が落ち着きを取り戻す。

彼がいてくれたなら、たとえどんな困難に直面しても乗り越えていける。

安堵したセラフィナは笑みを浮かべた。

ふたりは自然に惹かれ合った互いの手を握り、絆を確かめ合った。


翌日、セラフィナの執務室をダリラが訪ねてきた。

彼女は笑みを浮かべ、妙に上機嫌である。

「お姉さま、わたし、ちょっと買い物に行きたいの。街を案内してくれない？」

初めての申し出に、驚いたセラフィナは目を丸くする。

ダリラから姉妹らしい発言が出るのは、今までになかったことだ。

「え、ええ、もちろんいいわよ。急に、どうしたの？」

「ほら、街を見学したいけれど、よく知らない人とでは不安でしょう？　お姉さまなら安心だと思って」

外国の賓客は勝手に行動できないが、ダリラはセラフィナの親族なので特例とされている。ダリラがわがままなのもあり、そのように女帝に嘆願したのだ。

セラフィナは椅子から立ち上がる。

するとすぐに、控えていたマイヤがセラフィナのコートを持ってきた。

「では、わたしもお供いたします」

だが、ぎらりとマイヤを睨みつけたダリラは硬い声で反対した。

「侍女はついてこなくていいわ。お姉さまに相談したいことがあるから、ふたりきりで行きたいの」

相談とは、祖国のことについてかもしれない。

セラフィナはマイヤからコートを着せてもらうと、彼女の申し出を断った。

「マイヤは今日だけは別の任務なのよね。私は大丈夫。あとでオスカリウスに、買い物へ行ったと伝えてね」

「承知いたしました」

オスカリウスが執務室を訪れるまでには戻ってこられるだろう。

ダリラに急《せ》かされたセラフィナは執務室を出た。

馬車で街へやってくると、ダリラは御者に指示して停車させた。

降車した彼女はセラフィナを促し、先立って歩いていく。案内してほしいと言っていたわりには慣れているようだ。

「ダリラ、どこへ行くの？」

「わたしの行きたい店よ。ついてきて」

「街へ来るのは初めてではないの？」

「初めてよ。ま、細かいことはいいじゃない」

ダリラの目指している店は随分と遠いようで、入り組んだ裏路地を通った。

ややあって、看板のない怪しげな店に辿り着く。錆《さ》びついた扉を、ダリラはためらいもせず開ける。お忍びとはいえ、王女が裏路地にある寂れた雰囲気の店に堂々と入っていくとは、驚きの光景だ。

なにか事情があるのだろうか。とにかく確かめないことにはわからないので、セラフィナはダリラのあとに続き、おそるおそる入店した。

するとそこは、寂れた酒場のようなところだった。時間外なのか営業しておらず、カウンターには漆黒のローブを被った女性が、ぽつんと座っている。

「来たわよ。いいわね？」

ダリラは居丈高に、カウンターの女性に声をかけた。

すると女性は頭に被っていた黒のフードを外し、くるりと振り返った。

そこに意外な人物の顔を見て、セラフィナは驚きの声を上げる。

「クロード夫人⁉　どうしてここに……」

不敵な笑みを浮かべる女性は、間違いなくクロード夫人であった。

国外退去処分になり、ダリラの付き添いとして入国できなかったはずの彼女が、どうしてここにいるのだろうか。

クロード夫人は、にやりと笑みをゆがませる。

「お久しぶりでございますわね、セラフィナさま。わたくしが入国できずに、すごすごバランディン王国へ帰ると思いました？　こっそり入国する方法なんて、いくらでもあるんですよ」

つまりクロード夫人は不法入国を犯している。

しかもダリラも、それを承知の上なのだ。もしかしたら不法入国に手を貸して、かくまっていたのかもしれない。

罪を犯したにもかかわらず、彼女たちは堂々としていた。

黒のローブをまとった夫人の姿に、はっとしたセラフィナは思い出した。

オスカリウスを宮殿の森で襲った暴漢と、手引きした従者は、黒い服を着た何者かに雇われたと告白していた。

クロード夫人が国外退去処分にされたあとなので無関係だろうと思っていたけれど、あの人物は未だに捕まっていない。

「もしかして、オスカリウスを襲うよう指示した黒い服の人物というのは、クロード夫人なの？」

「わたくしではありませんけれども、皇国に手駒があるのです。金さえ払えばなんでもできますからね。あの結果を聞いたときは本当に残念でしたわ。憎らしいレシェートニコフ大公を痛めつけてやるはずでしたのに」

夫人はあっさり自白した。

彼女は金で雇った人物を使い、オスカリウスに恨みを晴らそうとしたのだ。

いくつもの罪を平気で重ねる夫人に戦慄を覚える。

ダリラは得意気な顔で話した。

「お姉さまが皇国の帝位継承者になったっていう報告を聞いたときから、この計画を思いついたのよね。それを実行するためには、いろいろとやることがあるのよ」

「計画ですって……？　あなたがたは、皇国でなにをするつもりなの？」

セラフィナが問いかけると、柱の陰から複数の男たちが現れた。いずれも街のごろつきのような輩たちだ。

男たちはそれぞれ、ナイフやロープなどを手にしている。

息を呑んだセラフィナは後ずさる。

だが、ダリラは男たちを前にしても平然としていた。

「お姉さまは愚図ねえ。なにをするかなんて決まってるじゃない。わたしが女帝になって、皇国を乗っ取ってやるのよ。そのためには、あんたが邪魔なの」

そう言った瞬間、ダリラは白い布をセラフィナの口元に押し当てた。

「うっ！　な、なにを……」

抵抗しようとしたが、つんと鼻をつく臭いが意識を奪っていく。

朦朧としたセラフィナは体の力を失い、くずおれた。

薄れていく意識の中で、ダリラとクロード夫人の声が耳に届く。

「お姉さまに、いい思いはさせないわよ。あんたはみすぼらしい服を着て、泥水を啜《すす》るのがお似合いなの。そうでなくちゃ、わたしがおもしろくないじゃない」

「おまえたち、さっさとこの娘を縛り上げて運ぶのよ！」

なんということだろう……。彼女たちに騙《だま》されたのだ。

そこでセラフィナの意識は、ふつりと途切れた。

ふと意識が浮上したセラフィナは、重い瞼をこじ開ける。体の節々に痛みを覚えた。

「うう……ここは……？」

目を開けたのに、そこは暗闇だった。

身を起こそうとしたが、上半身を縄で縛られているので身動きがとれない。

ダリラとクロード夫人の策略により、どこかへ閉じ込められてしまったのだ。

ようやく暗闇に目が慣れて、辺りを見回す。

どうやらここは、洞窟のようだった。ごつごつとした岩肌に囲まれており、ほかにはなにもない。セラフィナが転がされていたのは狭い横穴のようなところだ。檻《おり》などはなかった。

「あれからどうなったのかしら……。早く宮殿へ戻らないと……」

幸い、怪我はなかった。足は縛られていないので、力を振り絞って立ち上がる。

少し洞窟を進んでみると、先のほうに松明《たいまつ》の明かりが見えた。

だが、男たちの話し声が聞こえたので足を止める。

「あの皇女さまは、どうするんだ？」

「夫人は殺せと言っていたが、やらないほうがいいぜ。俺たちが誘拐して殺したと罪を着せられちゃ、たまらんからな」

「そうだな。金をもらってから外国に売り払うか」

「金はまだだ。ダリラ王女が皇女にさえなれば、金は使い放題で、クロード夫人も偉い地位になれるんだとよ。それまでの辛抱だな」

ぼそぼそとつぶやかれた言葉が、静かな洞窟に響いた。

どうやら彼らは、クロード夫人に金で雇われたならず者らしい。

ダリラとクロード夫人は、セラフィナを殺害してから皇女とその侍女頭に納まり、皇国の国庫を自由に使うつもりなのだ。

「なんてことなの……彼女たちがそこまでするなんて……」

ダリラが皇女になろうなどと無謀な計画だと思っていたが、今セラフィナがいなくなれば、皇国が混乱することに違いはない。

姉の死を悼んだダリラが涙ながらに、「責任をもって代わりを務める」と訴えたら、女帝も心を動かし、彼女になんらかの地位を与える可能性だってある。

魔法が使えなければ帝位を継承できないが、それが彼女たちにわかったとして、違う手を考えることもありえそうだ。バランディン王国でのように、ふたりのやりたい放題になるような事態は防がなくてはいけない。

ダリラとクロード夫人の陰謀を女帝に打ち明けなければならない。彼女たちは皇国を乗っ取るために、セラフィナばかりか女帝までも亡き者にするかもしれない。

どうにかして、ここから脱出しなければ。

男たちにセラフィナを殺害する気はないようだが、彼らの考えが変わるかもしれないし、状況は変化するかもしれない。一刻も早く、助けを呼ばないと。

でも、どうやって……。

セラフィナは男たちが見張っている横穴の入り口から離れた。

洞窟は狭いものの、反対側は奥へ続いている。向こう側から出られないだろうか。

だが、すぐに壁に行き当たってしまった。

こちらは行き止まりだ。

「見張りがいないときに隙を見て脱出するしかないのかしら……」

こうしている間にも、ダリラは素知らぬ顔をして宮殿へ戻り、女帝に取り入ろうとしているかもしれない。

もしセラフィナがここから出られなければ、馬車で移動中に事故に遭っただとか偽装して、セラフィナを永久に葬り去るのだろう。

そんなことは許せない。

セラフィナの胸の奥から、燃え立つような意志が湧いた。

祖国にいたときは、どうにもならないのだと落胆し、彼女たちの横暴をやり過ごしていた。前世でも、これが自分の定められた運命なのだと、すべてを諦めていた。月城の想いに気づかず、告白すらしなかった。

セラフィナは変える努力を怠ったのだ。

どうせ運命は変わらないと投げ出していた。

でも、今は違う。

ルスランとゾーヤの兄妹に会い、彼らの環境を変えたいと願い、保険庁の総裁として世の中をよりよくしようと努力している。

それに、オスカリウスとともに過ごし、愛される喜びを知った。

お腹には彼の子が宿っているかもしれないのだ。

今のセラフィナには目標がある。

それはオスカリウスの子を産んで、女帝になること。そして、保険制度を実現することだ。

そのためにも、ここで諦めてはいけない。

必ず脱出して、宮殿へ戻るのだ。そしてダリラとクロード夫人に罪を認めさせる。

セラフィナは固い決意を抱いた。

そのとき、ふと足元にふわりとしたものが触れる。

驚いて足元を見やると、そこには小さな狼がいた。

尖った黒い耳に、澄んだブルーの瞳は子犬のよう。セラフィナが前世で助けようとして車に轢かれたときに出会った狼の子だった。

「あなた、まさか……ルカなの？」

「クゥン」

小さなルカは尻尾を振ると、無垢な瞳でセラフィナを見上げる。

普段は大型なのだが、どうやら小さな姿にも変身できるらしい。

またセラフィナを助けに来てくれたのだろうか。

だがルカは、フンフンと辺りの匂いを嗅ぎまわっている。

「ワン！」

目を輝かせたルカは、セラフィナを呼んだ。

ルカのそばに行ってみると、わずかだが岩に煌めくものが混じっている。

「これは……なにかしら？」

道具がないと掘り出せないが、磨けば宝石になると思える輝きだ。

「もしかして、銀……いいえ、ダイヤモンド!?」

見上げてみると、壁一面がきらきらした輝きに満ちていた。

その光は暗闇の中でごく弱い光なので、目を凝らさないとわからないくらいだ。

けれどセラフィナには、はっきりと鉱石の輝きが確認できた。

まさか、この洞窟にはダイヤモンドの原石が埋まっているのだろうか。

もしもダイヤモンドの鉱脈を発見したのだとしたら、とてつもない大ごとだ。

セラフィナは閃いた。

ここにダイヤモンドの原石があると、誘拐した男たちに伝えたらどうだろう。彼らが原石を掘り出している間に、逃げられるのではないか。

セラフィナがそっと洞窟を戻ると、ルカは少し後ろを足音をさせずについてくる。

男たちは相変わらず横穴の入り口で雑談をしている。

「ねえ、あなたたち、つるはしを持っていないかしら」

セラフィナが声をかけると、ぎょっとした男たちは振り向いた。

「なんだ、皇女さま。痛い目に遭いたくなかったら、おとなしくしてな」

「ダイヤモンドの原石を見つけたのよ！　もしかしたら、ここに鉱脈があるかもしれないわ」

訝しげに目を眇めた男たちは、互いに顔を見合わせた。

逃げるための嘘だろうとは思うものの、セラフィナは縄に縛られて両腕が動かせない状態だ。抵抗すらできないだろう。

それにもし、本当にダイヤモンドの鉱脈があったとしたら、とてつもない金儲《かねもう》けができる。クロード夫人からの報酬など、比べものにならない。

そう察した男たちは頷き合った。彼らはナイフを取り出すと、警戒しながら横穴へもぐり込む。屈強な男たちは身を屈めないと、狭い洞窟に入っていけないのだ。

「本当にダイヤがあるんだろうな」

「突き当たりの壁のところよ。私の足元に、確かに原石があったのを見たわ」

「よし、案内しろ」

ナイフで脅され、セラフィナは先頭に立って洞窟内を辿る。ルカは暗闇に紛れて、こっそり横穴の外へ出た。

ややあって、先ほどの壁のところへ辿り着く。

「そこよ」

セラフィナが示した先に、剥き出しになったダイヤモンドの原石は変わらずそこにあった。

松明を掲げた男たちは怪訝そうに覗き込んだが、すぐに顔色を変える。

「おい！　これは本物のダイヤの原石だぞ。なんて大きさだ！」

「なんだと⁉　すぐに掘り出せ！　ほかにもないか？」

必死になった男たちはナイフを用い、ダイヤモンドを取り出そうと夢中で岩を削り始めた。

——今なら逃げ出せる。

彼らがダイヤに目を向けている隙に、セラフィナはそっとその場を離れる。

ところが、男のうちのひとりがこちらに気づいた。

セラフィナが逃げ出そうとしているのを見て、怒声を上げる。

「待ちやがれ！」

男たちは追いかけてきた。

セラフィナが横穴を抜け出すと、大型の姿に戻ったルカが背を向ける。

「バウバウ！」

背中に乗れということらしい。

大きな背に覆いかぶさるように乗ると、ルカは洞窟を猛然と駆ける。

洞窟の向こうから風に混じり、雪が吹き込んできた。

ナイフを振り上げる男に、セラフィナは魔法を発揮する。

縛られた後ろ手から、力を振り絞る。雪が吹雪となり、男たちの視界を塞いだ。

「うわっ！」

怯んだ彼らはナイフを手にしたまま、腕で顔を庇っている。

今のうちだ。

セラフィナを乗せたルカは風の訪れる方角へ向かって走った。

すると、出口から光が射《さ》し込《こ》んできた。

もうすぐ外へ出られる。

胸に希望が湧いた、そのとき。

追ってきた男が手にしていた原石を、セラフィナめがけて投げつけた。

セラフィナの頭へ向かってまっすぐに、硬い石が飛来する。

自らが発見したダイヤで大怪我を負う——。

男たちは、そう予想した。

それまでのセラフィナの人生は不遇の身の上だった。つまらないことばかり起こっていたのだから、やはりひどい目に遭って然るべきなのだ。

だが、もはやセラフィナの運命は変わった。

ばしりと音を立て、原石は大きなてのひらに受け止められる。

はっとしたセラフィナは振り仰いだ。

「オスカリウス！」

「待たせたね。無事でよかった」

オスカリウスが助けに来てくれた。

洞窟の入り口で、陽光を背にした彼は微笑む。

愛する人に見捨てられなかった。

たったそれだけで、セラフィナの胸は感激に打ち震える。

ルカの背から降りると、セラフィナを縛っていた縄を、オスカリウスは解いた。

「どうしてここがわかったの？」

「ダリラ王女と外出したあなたを、密かにルカが尾行して、我々に知らせたのだ。戻ってきた王女は『セラフィナが逃げ出した』などと言っていたが、なにかを企んでいる気配があったからね。酒場に潜伏していたクロード夫人は、今頃衛兵が捕らえているる」

見れば、オスカリウスの背後にはたくさんの衛兵がいた。その中にはマイヤもいた。

「オスカリウスさま。誘拐犯はあそこです。逮捕します」

マイヤは俊敏な動きで男たちに迫った。

驚いた男たちがかざしたナイフを、マイヤは華麗な跳び蹴りで叩き落とす。

誘拐犯は逃げる暇もなく衛兵に囲まれて、全員が逮捕された。

保護されたセラフィナは、オスカリウスに抱えられて洞窟を出る。

「怪我はないか？」

「平気よ。助けてくれてありがとう……オスカリウス」

セラフィナは久しぶりに見る陽の光に、目を細めた。救助に駆けつけてくれたオスカリウスに感謝を述べる。

微笑んだオスカリウスは、セラフィナの肩を抱き寄せた。

「ありがとう、と言ってくれるきみだから、好きになった。俺のほうこそ、無事でいてくれて、ありがとう」

ふとオスカリウスは、手にしていた石を放ろうとして高く掲げる。

セラフィナに投げつけられる寸前に受け止めたその石は、太陽のもとできらきらと光り輝いていた。

石の煌めきに驚いたオスカリウスは、手を下ろした。

彼は手中の石を、じっくりと眺める。

「これは……暗いところではよく見えなかったが、鉱石だろうか」

「ダイヤモンドの原石だと思うの。もしかしたら、ここの山には鉱脈が眠っているかもしれないわ」

「さっそく調査させよう。この石は宮殿に持ち帰って、専門家に鑑定してもらおうか」

「そうね。もし本当にダイヤモンドの鉱脈があるとしたら……この石が、発見の第一号になるかもしれないわ」

頷き合ったふたりは山を下りた。

ふたりの後ろを、悠々と尻尾を振ったルカが続く。

「ルカが見つけたのよ。助けに来てくれて本当にありがとう」

「バウ！」

聡明な聖獣は背を撫でられて、目を細める。

人里離れた山の中の洞窟は、ヤクーノフ村の近くだった。辺りは一時騒然としたが、誘拐犯が引き立てられていったあとはまた静まり返った。

エピローグ　聖女の懐妊

逮捕された誘拐犯たちは、クロード夫人とダリラ王女の悪行をすべて暴露した。

彼らは金で雇われ、誘拐したセラフィナ皇女の殺害を命じられていた。報酬の金は、ダリラ王女が皇女に認定されてから支払われる約束だったとも証言した。

ダリラは必死の形相になって否定したが、ルカの報告をもとにした女帝の証言や、クロード夫人を国内に引き入れてかくまっていたことなどから、言い逃れはできなかった。

女帝はクロード夫人及びダリラ王女の国外退去処分を命じた。

皇女を誘拐して殺害しようとした彼女たちの極刑を望む声もあったが、セラフィナが恩赦を与えることを希望したためだった。

質素な馬車に乗せられたクロード夫人とダリラは、最後までセラフィナや皇国に対して悪態を吐き続けていた。

それと入れ違いに、バランディン王国へ派遣していた使者が、王の親書を携えて戻ってきた。

親書には、『ダリラ王女が身勝手にもアールクヴィスト皇国へ亡命を図ろうとしている。それは王妃の指示であり、国王は認めていない。至急、帰還させるように。そしてバランディン王国は革命軍のせいで危機に瀕しているので、金や物資、兵士などの救援を無償で求める』と記載されていた。

これにより、ダリラが祖国を捨て自分だけ助かろうとするために、皇女の地位を求めたことが証明された。もとより、すでに彼女は己の所行によって、皇国から永久に退去処分とされている。

女帝は厚かましい救援要請に返事をしたためた。

『バランディン王が危機に瀕しているのは革命軍のせいではなく、妻や娘への責任を取れない己のせいである』と記した親書を送った。

それに対する王の返事は、来ることはなかった。

ほどなくして、バランディン王の居城は革命軍により制圧された。

王族の処刑を望む声も多く、設立された臨時政府の対応は混迷を極めている。王妃の出身国であるレシアトは我関せずと沈黙を守った。王と王妃、そしてダリラ王女は牢獄《ろうごく》に幽閉された。

これまで重税に苦しんでいた国民は愚鈍な王と浪費家の王妃から解放されたと喜ん

だ。

王妃の女官だったクロード夫人は密かに逃亡を図ろうとしたが、市民に囲まれて処刑場へ引き立てられた。


――半年後。

アールクヴィスト皇国には爽やかな夏が訪れていた。

空は青く晴れ渡り、そこかしこで花が咲いている。

セラフィナはオスカリウスとともに、再びヤクーノフ村を訪れた。

ルスランとゾーヤの兄妹に会うためである。

「こんにちは」

雑貨屋の扉を開けると、純白のエプロンをつけたゾーヤが笑顔で駆け寄ってきた。

「いらっしゃいませ、聖女さま」

「ゾーヤ！　もう走れるのね」

「はい。わたしはすっかり元気になったんですよ。兄さんはそんなに走ったらいけないなんて言うんですから」

入院したゾーヤは治療とリハビリを続け、ついに怪我は完治した。

治療が受けられなかったときは朦朧としていた彼女だが、体が回復すると心持ちも元どおりになり、無事に退院してヤクーノフ村に戻った。今では雑貨屋の仕事をしている。両親の死についても説明を受けた彼女は、兄とともに両親の店を守っていくことを気丈に誓ったのだった。

さらに、ボリセンコ村長が義理の親になることを申し出て、ふたりを支援し、店を存続させることを約束した。

それからルスランは懸命に働くようになり、雑貨屋は繁盛した。

明るい店内には棚から溢れるほど多数の商品が陳列されている。

ふたりに気づいたルスランは、カウンターから出てきた。

以前の気落ちした面影はなく、少年は柔らかな笑顔を見せている。

「聖女さま！　ありがとうございます。ゾーヤの怪我を治せたのも、店を手放さなくて済んだのも、全部聖女さまが作ってくれた保険制度のおかげです」

セラフィナが推し進めていた保険制度は、ついに実現した。

財源が問題になり行き詰まっていたのだが、解決できた。

誘拐されたときに訪れた洞窟に、ダイヤモンドの鉱脈があるのではないかと調査した結果、豊富なダイヤを掘り当てることができたのだ。

ダイヤモンド鉱山発見により、財源を確保することに成功したセラフィナは、さっそく保険制度を施行させた。そこには怪我や病気などの際、国民は無料で医者にかかれるほか、親を亡くした子どもには一定額の見舞金を出すことも含まれていた。

おかげでルスランとゾーヤの兄妹に限らず、親を亡くした子どもが路頭に迷うという不幸はなくなった。もう病気や怪我で金の工面に困る必要はなくなり、保険制度は広く国民に受け入れられた。

また、鉱山はヤクーノフ村の領地にあるため、採掘などの整備を皇国が行う代わりに、収益は村に分配されることが決まった。これにより、ヤクーノフ村の財政は潤い、村民の暮らしは豊かになった。

セラフィナは目を細めて、すっかり元気になった兄妹に答えた。

「ルスランとゾーヤが、がんばった結果よ。あなたたちの将来が、幸多いものでありますように」

セラフィナ自身がふたりの年齢の頃には、将来というものがまったく見えなかった。彼らに同じ絶望を抱えたまま、生きてほしくなかったのだ。

オスカリウスは柵の手前に並んだ木彫りの小鳥たちを眺めて、軽く肩を竦める。

「すっかり『聖女さま』という呼び名が定着してしまったようだね。ごらん。伝説の聖女を一目見ようと、店の外は人だかりだ」

窓の外に目を向けると、大勢の村人がセラフィナの姿を拝むために詰めかけていた。

保険制度を普及させたセラフィナは、その功績が認められたが、保険は自身のアイデアではなく、前世の記憶を頼りにしたものであると公表した。

そのためセラフィナは〝千年に一度の聖女〟として認定されることになったのだ。

以来、国民から『聖女さま』と呼ばれて慕われている。

「困ったわね。私は伝説の聖女だなんて、すごいものではないわ。聖女だとするなら『アラサー聖女』といったところかしら」

不思議そうな顔をしたゾーヤは、目を瞬かせた。

「聖女さま。〝アラサー〟って、なんですか？」

「そうね……。人生を諦めなくてもいい年齢といったところかしら」

「ふうん。なんだか素敵な響きですね、アラサーって」

「ふふ。そうでしょう？」

セラフィナはゾーヤと微笑みを交わす。街の人々の「聖女さま、万歳！」というかけ声を浴びながら、セラフィナはオスカリウスに守られて、視察へ向かった。

ひととおり各地の村の視察を終えたセラフィナとオスカリウスは、宮殿へ戻ってきた。雪の冠を脱いだ薔薇を見るため、ふたりは薔薇園を散策する。

「みんなが保険制度を受け入れてくれて、よかったわ。これで国民はためらいなく医師の診察を受けて、回復へ向かうことができるのね」

「ダイヤモンド鉱山の採掘は順調だそうだ。質のよいダイヤが産出されるから、財源に悩む必要はなくなった」

ふとセラフィナは、オスカリウスの精悍な顔を見上げた。

「……ありがとう、オスカリウス。ここまで来られたのは、あなたのおかげだわ」

「とんでもない。セラフィナの努力の賜物《たまもの》だよ。これからも、つらいときも、よいときも、いつもきみのそばにいる」

一呼吸ついたセラフィナは、そっとお腹に手を当てた。

そこは胸元から広がるドレスでわかりにくいが、すでにふっくらとしている。

「実は……もうひとり、私たちのそばにいつもいる存在ができたの」

「セラフィナ……まさか？」

オスカリウスは驚きに目を見開く。

微笑みを浮かべたセラフィナは、父親となるオスカリウスに告げた。

「赤ちゃんが、できたの。四か月ですって」

「ああ……セラフィナ、素晴らしい！　俺たちは子の親になるんだな」

歓喜したオスカリウスは、ぎゅっとセラフィナを抱きしめる。

オスカリウスと愛し合い、セラフィナは懐妊した。

皇女の懐妊により、セラフィナは女帝となる資格を手に入れた。そしてオスカリウスはセラフィナと結婚し、皇配の地位に就くことが決まったのだ。

「懐妊は皇配として果たすべき義務ではあったが、俺にとって、きみのすべてを守ることこそ大事な使命なのだ。いつまでも、きみを愛し抜くと誓うよ」

セラフィナが君主の地位に就くのは、まだ先の話だが、女帝セラフィナの誕生をアールクヴィスト皇国の国民は快く迎えてくれるだろう。

ふたりは未来への誓いのキスを交わす。

「愛しているわ」

「俺も愛している。これからもずっと一緒だ」

固く抱き合ったセラフィナとオスカリウスは、薔薇園に降り注ぐ柔らかな陽射しのもとで未来を誓った。

ひっそりと薔薇のつぼみが、愛し合うふたりを見守っていた。

あとがき

こんにちは、沖田弥子です。

このたびは、『跡継ぎ目当てのはずが、転生聖女は氷の大公から予想外の溺愛で捕らわれました』をお手に取ってくださり、ありがとうございます。

本作品は極北の世界を舞台に、転生と聖女、そして大公からの溺愛と懐妊をテーマに書きました。

魔法や聖獣も登場して盛り沢山の内容になりましたので、楽しんでいただけたら幸いです。

最後になりましたが、本作品の書籍化にあたりお世話になった方々に深く感謝を申し上げます。華麗なイラストを描いてくださったウエハラ蜂先生、ありがとうございました。そして読者様に心よりの感謝を捧げます。

願わくは、皆様の新しい年が喜ばしいものでありますように。

沖田弥子

マーマレード文庫

跡継ぎ目当てのはずが、転生聖女は
氷の大公から予想外の溺愛で捕らわれました

2024年2月15日　第1刷発行　定価はカバーに表示してあります

著者　沖田弥子　©YAKO OKITA 2024
発行人　鈴木幸辰
発行所　株式会社ハーパーコリンズ・ジャパン
東京都千代田区大手町1-5-1
電話　04-2951-2000（注文）
0570-008091（読者サービス係）
印刷・製本　中央精版印刷株式会社

Printed in Japan ©K.K. HarperCollins Japan 2024
ISBN-978-4-596-53721-8

乱丁・落丁の本が万一ございましたら、購入された書店名を明記のうえ、小社読者サービス係宛にお送りください。送料小社負担にてお取り替えいたします。但し、古書店で購入したものについてはお取り替えできません。なお、文書、デザイン等も含めた本書の一部あるいは全部を無断で複写複製することは禁じられています。

※この作品はフィクションであり、実在の人物・団体・事件等とは関係ありません。

m a r m a l a d e b u n k o

本作は魔法のｉらんど他Web上で公開された『アラサー聖女は懐妊するまで氷の大公に溺愛される』に、大幅に加筆・修正を加え改題したものです。